MW01513463

DEUX ET DEUX
FONT TROIS

DU MÊME AUTEUR

LE TOUT-PARIS, Gallimard, 1952.

NOUVEAUX PORTRAITS, Gallimard, 1954.

LA NOUVELLE VAGUE, Gallimard, 1958.

SI JE MENS..., Stock, 1972 ; LGF/Le Livre de Poche, 1973.

UNE POIGNÉE D'EAU, Robert Laffont, 1973.

LA COMÉDIE DU POUVOIR, Fayard ; LGF/Le Livre de Poche, 1979.

CE QUE JE CROIS, Grasset, 1978 ; LGF/Le Livre de Poche, 1979.

UNE FEMME HONORABLE, Fayard, 1981 ; LGF/Le Livre de Poche, 1982.

LE BON PLAISIR, Mazarine, 1983 ; LGF/Le Livre de Poche, 1984.

CHRISTIAN DIOR, Editions du Regard, 1987.

ALMA MAHLER OU L'ART D'ÊTRE AIMÉE, Robert Laffont, 1988 ; Presses-Pocket, 1989.

ECOUTEZ-MOI (avec Günter Grass), Maren Sell, 1988 ; Presses-Pocket, 1990.

LEÇONS PARTICULIÈRES, Fayard, 1990 ; LGF/Le Livre de Poche, 1992.

JENNY MARX OU LA FEMME DU DIABLE, Laffont, 1992 ; Feryane, 1992 ; Presses-Pocket, 1993.

LES HOMMES ET LES FEMMES (avec Bernard-Henri Lévy), Orban, 1993 ; LGF, 1994.

LE JOURNAL D'UNE PARISIENNE, Seuil, 1994 ; coll. « Points », 1995.

MON TRÈS CHER AMOUR..., Grasset, 1994 ; LGF, 1996.

COSIMA LA SUBLIME, Fayard/Plon, 1996.

CHIENNE D'ANNÉE : 1995, *Journal d'une Parisienne (vol. 2)*, Seuil, 1996.

CŒUR DE TIGRE, Fayard, 1995 ; Pocket, 1997.

GAIS-Z-ET-CONTENTS : 1996, *Journal d'une Parisienne (vol. 3)*, Seuil 1997.

ARTHUR OU LE PLAISIR DE VIVRE, Fayard, 1997.

FRANÇOISE GIROUD

DEUX ET DEUX
FONT TROIS

roman

BERNARD GRASSET
PARIS

Ne te courbe que pour aimer.
Si tu meurs, tu aimes encore...

René CHAR.

— 1 —

Le bruit d'une automobile les alerta.
Puis celui de portières claquant dans la
nuit. Gestapo ? Des Allemands en tout cas.
Ils étaient seuls à circuler en voiture.

— Qu'est-ce qu'on fait ? dit Marine.

— On se calme, dit Igor, et on réfléchit.
Il y a un escalier de service ?

— Oui.

Il ouvrit la porte. Une rumeur l'avertit
que l'issue, déjà, était barrée...

— On est à quel étage, ici ?

— Au troisième.

Il entrouvrit la fenêtre tapissée de noir
qui donnait sur la cour, évalua le risque.

— Trop haut pour sauter.

Un brouhaha avait envahi la maison que quatre hommes en civil perquisitionnaient de haut en bas, accompagnés par la concierge. Quand on frappa chez elle, Marine ouvrit.

— Ces messieurs cherchent quelqu'un qui s'est enfui et qui se serait réfugié dans l'immeuble, ils disent...

— Ici il n'y a personne, dit Marine, vous pouvez fouiller...

Les deux hommes explorèrent les placards, la salle de bains, la cuisine, reluquèrent la jeune fille nue sous sa chemise de nuit et se retirèrent en grommelant des menaces.

Longtemps, le bruit de leur passage dans les étages ébranla l'immeuble. Enfin, tout s'apaisa.

Alors Marine ouvrit sa fenêtre. Accroché à une poutrelle de fer, les pieds sur une corniche, Igor osa enfin tousser. Il sauta dans la pièce, et se jeta sur le lit pour reprendre force.

— Igor, j'ai eu peur, j'ai eu très peur, dit Marine.

Deux et deux font trois

— Moi aussi, ma colombe, j'ai eu peur, pour toi. Je n'aurais jamais dû venir ici ce soir.

— Tu viens quand tu veux, Igor. C'est chez toi, ici.

Elle prit la tête du garçon contre sa poitrine et le berça jusqu'à ce qu'il s'assoupisse, rompu.

Igor et Marine n'auraient jamais dû se rencontrer. Elle était une jeune fille rangée, rieuse sous une toison de blé, que rien ne prédisposait aux actions héroïques. Lui, un aventurier flamboyant. On en reparlera.

Le 10 juin 40, Marine était partie sur la route, au volant de sa Simca 5, munie d'un bidon d'essence. Un nuage de suie s'était abattu sur la ville engluant les pare-brise, mais Paris avait mis son ciel de fête pour accueillir les envahisseurs. Ce soleil radieux, était-ce possible ? On en avait le cœur crevé.

Très vite, sur la Nationale 7, la route fut

engorgée de véhicules de toutes sortes chargés jusqu'au toit, qui avançaient au pas quand ils avançaient.

Soudain, des avions apparurent, et ce fut la panique. Les gens se jetèrent hors des voitures sur les bas-côtés. Il y eut des cris, des hurlements, des bombes explosèrent, faisant quelques blessés. Marine n'avait pas bougé. « Vous allez vous faire flinguer ! » lui cria un homme avant de se jeter par terre.

Mais elle avait eu peur qu'on lui vole son précieux bidon, fourni par un ami bien placé. A propos, où était-il celui-là ? Sur la route, probablement, comme tout le monde, et pas plus avancé que les autres malgré sa Rosengart.

Marine calcula qu'au rythme où la cohorte se déplaçait, il lui faudrait quatorze heures au mieux pour atteindre Clermont où elle avait décidé de se rendre parce que son frère, ingénieur chez Michelin, s'y trouvait.

Plus tard, se remémorant ce trajet, elle devrait retrouver intacts les sentiments d'humiliation, de honte, d'abattement où elle avait macéré pendant ces longues heures. La France envahie, la France vaincue, la France défaite comme jamais dans son histoire, ô stupeur... Et maintenant cette débandade. Ce qui s'était effondré n'avait pas de nom.

Quand elle fut enfin à Clermont, au milieu de la nuit, les rues et les places pullulaient de voitures à l'intérieur desquelles des passagers sans logis dormaient, épuisés. Elle sonna chez son frère et tomba dans ses bras en sanglotant.

Submergée de réfugiés en tous genres dont beaucoup d'Alsaciens et bon nombre de Parisiens — on disait que deux cent mille personnes s'étaient abattues sur la ville —, Clermont vivait comme un bateau en pleine mer. Pas de courrier, pas de téléphone, pas de contacts avec l'extérieur, des gens désorientés, égarés, en quête d'un gîte, d'un peu d'essence, les Parisiens s'in-

terrogeant sur ce qu'il convenait de faire :
rentrer ? Rester en province ?

La T.S.F. avait diffusé le 23 la décla-
ration du maréchal Pétain annonçant
l'armistice, annonce reçue avec un soulagement résigné par le plus grand nombre,
avec colère par un petit nombre.

Louis, le frère de Marine, était de ceux
qui avaient réagi brutalement.

— Un vieux con.

Marine avait approuvé. Une poignée
d'amis proches aussi. Mais comment tra-
duire leur indignation ? Longtemps, ils
durent se contenter de gestes dérisoires.
Arracher une affiche, répandre un tract,
rien qui réponde à leur impatience.

Louis, démobilisé, avait repris son
emploi chez Michelin. Marine trouva
quelques petits travaux à faire pour le journal local. Elle habitait chez lui, c'est-à-dire
dans une pièce unique où ils partageaient
un lit. Cela avait un goût d'enfance dont,
d'abord, ils s'amusèrent mais cette situation ne pouvait se prolonger.

Quand la France fut coupée en deux

zones, l'une occupée par les Allemands, l'autre ayant Vichy pour capitale, une capitale d'opérette, semblait-il, Marine reçut un message de son patron : « Vous attendrai jusqu'au 20 septembre. »

Elle regagna Paris debout dans un train bourré jusqu'à la gueule.

La ville, plongée la nuit dans l'obscurité totale, zébrée à chaque carrefour de panonceaux allemands, la glaça. L'omniprésence des uniformes verts l'oppressait, et aussi la façon dont, autour d'elle, on s'accommodait, en somme, de l'occupation.

On ne pensait qu'à manger. L'un avait déniché un poulet, un autre s'était procuré des œufs qu'il mettait en conserve dans de la chaux, un troisième s'était lié avec une crémière qui vendait beurre et sucre au marché noir. Le ravitaillement était devenu obsessionnel.

Dans l'entreprise de transports où Marine avait réintégré son secrétariat de direction, le directeur réunit le personnel pour lui dire en substance : ici, nous n'avons pas d'opinions. Nous travaillons pour servir nos clients quels qu'ils soient. S'il y en a que cela dérange, ils sont libres de partir.

Elle était restée. Il fallait vivre. Mais elle ne pouvait rien ignorer des activités qu'elle favorisait : le transport de marchandises au bénéfice des Allemands.

Ses amis d'avant-guerre s'étaient dispersés. L'un était prisonnier, un autre avait rejoint de Gaulle, sa mère en parlait en chuchotant, d'autres encore étaient demeurés dans leur campagne. Restait Géraldine, une jeune femme célibataire comme elle, compagne de travail, qui trouvait les Allemands « très corrects » et ne dédaignait pas de leur sourire.

Ensemble, elles allaient au cinéma presque tous les soirs, sur leurs bicyclettes. Les salles étaient pleines, la lumière allumée pendant les actualités pour prévenir les manifestations hostiles. Quand un sifflet partait, un cri, Géraldine disait : « Tu les entends, ces imbéciles ! »

Alors Marine se sentait seule, terriblement seule.

Deux et deux font trois

Le courrier ne fonctionnait pas, entre les deux zones. Seulement les cartes dites interzones, cartes ouvertes où l'on pouvait tracer quelques mots prudents. C'était le seul fil qui la reliait à son frère.

Un jour elle reçut de lui un message sibyllin : « Igor te rendra bientôt visite. Reçois-le bien. » Elle ne connaissait pas d'Igor. Elle attendit.

Quand il sonna chez elle, un dimanche matin, elle traînait dans son lit pour s'y tenir au chaud. Elle fut confuse de lui ouvrir en peignoir, balbutia quelques explications, le pria d'excuser le désordre. Il eut un grand rire amusé, lui suggéra de regagner son lit, tira une chaise et s'assit à côté d'elle, encombré de ses longues jambes.

— Je suis chargé de mission, dit-il. Nous avons besoin de vous.

— Pour quoi faire ?

— Pour entreposer des armes pendant quelques jours.

— Des armes ?

Elle réfléchit un instant.

— Si vous voulez. Mais où les mettrez-vous ? Il n'y a que deux pièces et la concierge peut y entrer à tout moment.

— Vous n'avez pas un placard fermant à clé ?

— Il est étroit.

— Montrez-moi ça...

Elle courut, pieds nus, jusqu'au placard.

— Ça ira très bien. Ce n'est pas un canon qu'on va vous confier.

— Et vous allez en faire quoi, de ces armes ?

— Chut ! silence, ma belle, si la Gestapo vous attrape, inutile que vous en sachiez davantage. Vous leur direz qu'on les a déposées chez vous à votre insu.

Marine éclata de rire.

— Et ils me croiront sur parole !

— Vous avez peur ?

— Non, non pas du tout, je suis contente que Louis ait pensé à moi.

18

— Il vous adore.

— Moi aussi... Nous sommes très proches.

— Donc, je reviens ce soir avec mon chargement.

Elle l'observa un instant.

— Igor, c'est votre vrai nom ?

— C'est celui que portent mes faux papiers. Il vous déplaît ?

— Non, pas du tout... Je pensais justement que vous avez l'air un peu russe avec vos yeux fendus.

— Quelle perspicacité ! Je suis un peu russe, en effet, excessivement russe même, et je ne peux pas le cacher. C'est pourquoi Igor Volodine me sert de prête-nom. Bon, je vais vous laisser maintenant. Vous n'auriez pas un café à m'offrir ?

— Si, mais il est infâme.

— Un jour ou l'autre, je vous en apporterai du vrai. Au revoir, Marine. A ce soir. Que Dieu vous protège. Je vous baise les mains.

Elle voulut le raccompagner à la porte,

19

mais il avait déjà disparu, longue silhouette agile, un peu courbée.

L'affaire des armes se passa sans anicroche. Igor les apporta puis vint les chercher quatre jours plus tard. Quand il reparut chez Marine, il dit seulement : « Mission accomplie. »

Elle ne sut jamais de quelle mission il s'agissait au juste et ne posa pas de questions.

Igor avait dans la poche de son trench-coat un petit paquet qu'il agita sous le nez de Marine.

— Du café ! C'est du vrai ?

— Pour qui me prenez-vous ?

— Vous en voulez tout de suite ?

— S'il vous plaît...

— Où l'avez-vous trouvé ?

— Secret de fabrication.

— Pourquoi êtes-vous toujours plein de secrets, Igor ? Vous ne me faites pas confiance ?

— Je laisse des armes chez elle et je ne
lui fais pas confiance ! Ah ! les femmes...

— Je ne suis pas les femmes. J'ai horreur qu'on me mette au pluriel.

— Ne vous fâchez pas. J'achète mon
café chez Maxim's.

— Quoi ?

— Maxim's, vous connaissez ? Le restaurant de la rue Royale ? Il est plein d'officiers allemands et il dispose de tout ce
dont vous et moi sommes privés. Un jour,
j'ai même emporté des citrons. Il suffit de
s'aboucher avec l'un des garçons de cuisine, de s'adresser à lui en allemand et d'y
mettre le prix.

— Vous parlez allemand ?

— Naturellement.

— Vous êtes un drôle de pistolet, Igor.

— On me l'a déjà dit. Alors ce café, il
vient ?

Ce soir-là, Igor s'attarda chez Marine
plus que de raison. Elle dut le jeter à la

21

porte à minuit moins dix pour qu'il ne se retrouve pas dans la rue après le couvre-feu.

Il lui avait raconté son enfance de Russe blanc réfugié. Elle lui avait raconté son enfance de petite Française protégée. C'est toujours ainsi, n'est-ce pas, que cela commence...

Igor disparut sans préavis. D'abord, Marine s'inquiéta, craignant qu'il eût été arrêté, mais une carte de Louis la rassura. Alors elle eut un peu de peine, tant il lui semblait évident qu'un fil s'était tissé entre eux qui ne pouvait être ainsi rompu.

Parce qu'elle n'avait personne à qui parler, elle s'en ouvrit, avec mille précautions, à Géraldine, déguisant Igor sous le masque d'un homme d'affaires qu'elle aurait rencontré par hasard.

— Mais tu es amoureuse, ma parole, dit Géraldine. Et où est-il, ton prince charmant ? Qu'est-ce qu'il fait ? Il trafique avec les Fritz comme tout le monde ?

— Je ne sais pas.

Géraldine l'avait invitée à dîner dans l'un de ces restaurants de luxe où les tickets d'alimentation n'étaient pas nécessaires. Marine avait été surprise de la trouver là, coiffée d'un chapeau gigantesque selon la mode, moulée dans une robe de prix, parfumée et jouant avec un petit brillant qu'elle faisait tourner autour de son annulaire.

Géraldine ne fit aucune difficulté pour avouer qu'elle devait ces menus bienfaits à « Walter », un officier allemand qui l'emmenait à l'Opéra et qui était « un chou ».

— J'en avais assez, dit-elle, de ces Français pingres et qui sont tous mariés. Je parie qu'il est marié, ton type, tu as vérifié ?

— Non, dit Marine d'une petite voix.

— Tu devrais. Si tu faisais comme moi, tu ne passerais pas tes soirées seule.

Géraldine avait bon cœur. Elle proposa

à Marine de lui faire rencontrer un ami de Walter qui cherchait l'âme sœur.

Alors, comme Marine éludait, elle éclata :

— Mademoiselle est romantique ! Mademoiselle veut vivre le grand amour ! Mademoiselle poursuit des chimères !

— Eh bien oui, dit Marine, je suis romantique. Où est le mal ? L'homme que j'aimerai, ce sera pour la vie.

Géraldine haussa les épaules, apitoyée :

— Garde-toi bien, ma petite Marine, dit-elle, c'est tout ce que j'ai à te conseiller, garde-toi bien. En amour, ce sont toujours les bonnes femmes qui trinquent.

Et elle commanda une nouvelle bouteille de vin.

Marine désespérait de revoir Igor quand une carte de Louis lui parvint : « Je t'attends à Clermont le plus tôt possible. » Grâce à son entreprise, elle obtint le sauf-conduit nécessaire pour circuler entre les deux zones, et sollicita un congé. C'était une collaboratrice précieuse, ponctuelle, efficace. Son patron lui octroya trois jours, « mais pas un de plus, n'est-ce pas ? Nous sommes débordés en ce moment ».

A Clermont, Louis lui fit fête. Le frère et la sœur étaient unis par des liens profonds. Leurs parents étaient morts de bonne heure, dans un accident. Ils s'étaient soutenus l'un l'autre avec une constante tendresse. C'était un beau garçon, athlétique et lent, aussi grand que Marine était vive et menue.

Tout de suite, il l'introduisit dans le saint des saints, la cave d'un antiquaire où se retrouvait le petit groupe de résistants réunis autour de Louis. Ils prétendaient y faire du jazz et, d'ailleurs, ils en faisaient. C'était une joyeuse bande, en vérité, tout excitée par le parachutage d'armes prévu le soir même dans la région, préoccupée seulement du mauvais temps qui pouvait enrayer l'opération.

Louis expliqua ce qu'il attendait de Marine : un point de chute pour les membres du réseau qui avaient besoin de venir à Paris, et un abri éventuel pour un poste émetteur et son opérateur, mais de ce côté-là les choses n'étaient pas encore sûres. Il lui communiqua le code par lequel il la préviendrait avant l'arrivée de chaque visiteur et demanda :

— Tu acceptes ?

— Bien sûr. A propos, où est Igor ?

— A Lyon. Il sera ici demain. Tu sais que tu lui as tapé dans l'œil ?

Marine rougit jusqu'aux yeux. Louis sourit.

— Et je crois comprendre que c'est réciproque. Attention, Minette, Igor est fou.

— Fou comment ?

— Fou ! Russe ! Incontrôlable ! Il fait ses coups à lui, on ne peut pas le tenir.

Deux et deux font trois

Igor reparut un soir chez Marine sans prévenir. Il paraissait exténué. C'est là qu'il passa deux heures, accroché à sa fenêtre. Il avait fait, ce soir-là, « un coup à lui » — une mairie dévalisée où il avait raflé cinquante cartes d'identité vierges — mais refusa d'en parler. Il professait que les clandestins parlent toujours trop. En quoi il avait raison.

Marine le voyait rarement mais toujours dans un délire de passion partagée. Son jeune corps avait découvert l'amour comme on découvre la mer, violence et douceur mêlées. Chaque nuit passée avec lui était une fête dont le souvenir la nourrissait jusqu'à la fois prochaine, comme une source vive.

Quelquefois, elle craignait que son secret ne se lise sur son visage tant une joie neuve l'habitait. Déjà son patron lui avait dit : « Qu'est-ce que vous avez, mademoiselle Aubier ? Vous embellissez ! Vous n'êtes pas amoureuse, au moins ? »

— Pas du tout, monsieur, je maigris parce que je me nourris de rutabagas.

Ses joues s'étaient légèrement creusées, en effet, comme il arrive aux filles qui naissent à la volupté. « Ah ! ça mon petit, nous sommes tous à la même enseigne... » dit le patron. Il mentait à peine. En ce terrible hiver 40, le marché noir n'était pas encore organisé.

Où Igor prenait-il l'argent qu'il dépensait si allègrement ? Elle n'osa jamais le lui demander. Après tout, Igor était peut-être riche.

A la Pentecôte, il se procura deux sauf-conduits — il n'y avait rien qu'Igor ne sache se procurer — et emmena Marine à Cassis. Séjour bref mais savoureux : tandis que les baigneurs ronronnaient sur la plage, des troufions allemands, suant sang et eau sous le soleil, y construisaient des fortifications.

Quand ils rentrèrent à Paris, Igor

annonça qu'il ne la reverrait pas, maintenant, avant plusieurs semaines.

— Je t'attendrai, dit Marine. Je t'attendrai toute la vie s'il le faut. Mais il faut que tous les soirs à minuit tu penses à moi. Je le sentirai et cela m'aidera.

Il promit. Il lui aurait promis la lune si elle l'avait demandée. Il était captivé par cette petite fille toute droite, si différente des femmes qui avaient jusqu'alors traversé sa vie.

Igor était issu d'une vieille et noble famille russe, ruinée par la Révolution. Son père était mort de tristesse, sa mère avait exercé tous les métiers où les femmes émigrées s'étaient réfugiées, pour finir par diriger une petite maison de couture. Elle vivait à Cannes.

Igor avait fait de bonnes études avant de se faufiler, par hasard, dans le cinéma, autre domaine d'élection des émigrés. C'était un assistant fantasque mais efficace sous ses allures de prince déchu. Il avait travaillé avec Duvivier, Feyder... Il avait bonne réputation dans le métier.

La guerre l'avait surpris dans l'armée, où

il était lieutenant, et il n'avait dû qu'à son aplomb de n'être pas fait prisonnier.

La colonie russe de Paris était loin d'être anti-allemande. Ce qui précipita Igor dans la Résistance ne devait rien à un quelconque patriotisme français, mais à une horreur viscérale du fascisme noir ou rouge.

Un jour de 1942 où il opérait des repérages pour un film dans la région de Clermont, il tomba sur Louis. Aussi imprudents l'un que l'autre, les deux jeunes gens échangèrent des propos définitifs sur le nazisme. Ainsi débuta une amitié que l'action commune allait, plus tard, renforcer.

L'audace d'Igor fascinait Louis même si son caractère imprévisible le souciait parfois. Igor passait pour un oui pour un non la ligne de démarcation clandestinement. Il faisait des cartons sur les Allemands, il prenait des risques insensés.

C'est ainsi qu'il se mit à faire du marché noir.

Le mécanisme était simple. Les Allemands achetaient tout, par tonnes, par camions, par wagons. Il suffisait de savoir où se trouvaient les marchandises dont ils étaient amateurs et de les proposer au bureau d'achats Otto. La commission était à la hauteur des sommes engagées.

Aidé dans ses entreprises par sa connaissance de l'allemand, Igor prospéra sans le moindre scrupule.

Il était alors l'amant d'une jeune femme russe, elle aussi, qui ne savait rien de ses activités clandestines, et dont les besoins semblaient illimités. Elle rêvait de posséder un saphir : il lui offrit un saphir. Elle voulait un vison : il lui offrit un vison. Elle s'habillait chez les grands couturiers. Il paya les factures. Sitôt gagné, sitôt dépensé, l'argent lui brûlait les doigts. Et il en éprouvait de la jouissance. Il n'aimait pas posséder. Il aimait flamber.

La jeune femme en question s'appelait Ina. C'était une garce. Et il le savait. Elle

recevait des officiers de l'état-major allemand chez elle, dans le bel appartement de
Passy qu'elle avait fait réquisitionner —
bien juif —, il n'y voyait que des avan-
tages. Qui soupçonnerait l'amant d'Ina V.
de collusion avec la Résistance ? Il ne se
présentait jamais chez elle sans s'assurer
d'abord, au téléphone, qu'elle pouvait le
recevoir, passait deux ou trois jours tor-
rides avec elle, et s'évanouissait, requis par
son travail, disait-il. Effectivement, par
périodes de cinq ou six semaines, il travaillait sur un film sous son vrai nom, celui
qu'Ina connaissait, Ivan Gratchoff.

Sa triple vie se déroula sans accroc jusqu'au jour où il rencontra Marine. Et
tomba amoureux.

Ina V. Ceux qui l'ont connue se sou-
viennent qu'elle était d'une grande beauté,
œil bleu glacé, allure féline. Mariée avec un
Français dont elle portait le nom, mais ils
étaient séparés.

33

Deux et deux font trois

Elle n'aimait pas Igor, elle y tenait, et d'une certaine façon le dominait. Il avait été flatté d'être distingué par cette très remarquable personne ; elle avait fait mille manières pour lui céder ; ensemble ils formaient un couple superbe sur lequel les gens se retournaient, et puis il y avait eu entre eux ce vertige de l'argent. En un sens, il se plaisait à l'acheter. Comme une pute.

Igor était sans illusions sur la nature des sentiments d'Ina et la valeur de son attachement ; un jour tout cela finirait, mais pourquoi aujourd'hui et pas demain, ou après-demain ? Il n'était pas pressé.

Les choses se compliquèrent lorsqu'il s'éprit de Marine avec une violence dont il ne se savait pas capable.

Ses relations avec Ina lui devinrent pénibles, le temps qu'il pouvait passer à Paris, il ne voulut plus le partager, il décida de rompre. Il entreprit d'expliquer à Ina qu'il ne pourrait plus la voir pendant longtemps, qu'il avait du travail en zone libre, un grand film avec Marc Allégret qui risquait d'être long, et qu'en somme, il lui rendait sa liberté.

A son soulagement, Ina l'écouta calmement, indiqua que de son côté, elle était lasse d'un amant aussi peu disponible. Elle avoua qu'elle menait une idylle avec le major T. du haut commandement, qui était follement amoureux d'elle, et la couvrait de bienfaits. Tout était donc pour le mieux.

Elle pleura un peu, jura qu'elle l'avait beaucoup aimé. « Moi aussi, moi aussi », dit Igor qui, un instant, eut envie d'elle mais se retint de le montrer.

Ils se quittèrent bons amis. Du moins Igor le crut. Dans l'escalier, il croisa le major T. et le salua. J'espère pour lui qu'il a du fric, pensa-t-il. Tu vas en avoir besoin mon petit père.

Il fit un saut de danseur, un battement de pieds et partit d'un pas vif chez Marine.

En vérité, Ina était blessée au vif. Elle avait toujours eu l'initiative des ruptures.

Deux et deux font trois

Que se croyait-il donc ce jeune homme insolent, bon amant, certes, mais quoi ! elle en aurait d'autres, et pour qui l'abandonnait-il ? On ne rompt pas sans raison. Elle fit le tour de leurs relations communes dans le milieu russe de Paris. Sophie ? Katia ? La petite Alexandra ? Qui était sa rivale ? Une Française peut-être dénichée en zone libre ? Elle mit en mouvement son réseau d'information.

Marine s'était habituée à voir débarquer chez elle des gaillards fatigués qui mouraient de faim. Grâce aux combinaisons d'Igor, elle avait toujours chez elle, maintenant, le minimum nécessaire pour les nourrir. Elle avait même, pendu dans sa cuisine, un jambon !

Ils restaient un jour, deux jours, puis ils disparaissaient, lui laissant quelquefois des messages à transmettre. Cela mettait un peu d'animation dans sa vie austère.

Le poste émetteur était arrivé, une petite

mallette apportée par un visiteur fugitif.
Mais le pianiste qui devait s'en servir
n'était pas encore apparu.

Un jour, Igor surgit après trois mois
d'absence. Marine osa se plaindre, doucement.

— C'est la guerre, ma colombe, dit
Igor. Après la guerre, nous ne nous quitte-
rons plus et je te ferai six enfants qui
auront tous une petite frange blonde.

— Non, ils seront bruns, avec les yeux
fendus, comme toi. En attendant, j'en ai
assez de cette vie. Si j'allais m'installer à
Clermont ? Je trouverais du travail là-bas,
j'ai une licence de droit, tu sais, et je pour-
rais être utile.

Igor se tut.

— Eh bien, qu'est-ce que tu en dis ?

— Clermont, ce n'est pas le moment.

— Pourquoi ?

Il ne se décidait pas à parler.

— Louis, cria Marine. Louis a été
arrêté !

— Oui. Et Denis, et Jérôme, et
Yvonne...

Marine blêmit.

— Arrêtés par qui ? La Gestapo ?

— Oui. L'antiquaire les a dénoncés. Je m'en suis sorti parce que j'étais absent à notre rendez-vous.

— Où sont-ils ?

— En prison. Au 92.

— Il y a une chance de les faire évader ?

— Pas une sur mille.

Marine refoula un sanglot. Louis. Elle l'imagina battu, matraqué, torturé peut-être.

— Ecoute, dit Igor, j'ai réfléchi, on va essayer quelque chose...

L'idée d'Igor était simple. Il fallait acheter la libération de Louis. L'acheter à qui ? A l'un de ces Français compromis avec les Allemands qui cherchaient des brevets de bonne conduite en aidant des résistants.

Et où trouver un tel Français ? Il y en avait plusieurs. Un, en particulier, qui déjeunait tous les jours dans un restaurant de Passy.

— Mais ces types-là, c'est de la merde, dit Igor, il faut y toucher avec des pincettes.

— Alors, comment faire ?

— Il faut prendre contact avec lui et lui proposer cinq cent mille francs.

— Cinq cent mille francs ! Où est-ce qu'on trouvera cinq cent mille francs ?

— On trouvera.

Igor ajouta que s'il prenait lui-même ce contact, l'homme se méfierait. Mais si Marine avait le courage de lui parler, avec son air de petite fille sage, et de lui jouer le grand numéro du désespoir à propos de son frère, il y avait une chance, une chance faible mais une chance, qu'il se laisse circonvenir.

Marine resta muette.

— Si tu veux, dit Igor, j'irai.

Elle hurla :

— Non. J'irai, moi ! Mais il faut que tu m'expliques bien ce que je dois faire.

Deux et deux font trois

Le lendemain, Marine, juchée sur ses semelles de bois, se présenta dans le restaurant de Passy, tenu par une Russe que l'on appelait Mme Nadia. Allemands en civil, quelques Français, toutes les tables étaient prises.

Elle demanda M. Arthur.

— Qu'est-ce que vous voulez à M. Arthur ? dit Mme Nadia, méfiante. Il n'aime pas qu'on le dérange.

— J'ai un message à lui remettre, dit Marine.

Arthur était un gros homme rubicond que les restrictions alimentaires n'avaient manifestement pas affligé. Il déjeunait seul, un journal devant lui.

Alors Marine se jeta à l'eau. Arthur l'écouta en silence.

— Qui vous envoie ? demanda-t-il.

— C'est personne. C'est la crémière de la rue Lauriston qui m'a dit : « M. Arthur est un brave homme. S'il peut faire quelque chose pour votre frère, il le fera... » S'il vous plaît, monsieur, aidez-moi... Je n'ai qu'un frère. Nos parents sont morts.

— Qu'est-ce qu'il a fait, votre frère ?

— Mais rien, monsieur, rien... On l'a arrêté par erreur.

Arthur soupira.

— Tous les mêmes ! Arrêtés par erreur ! Si vous voulez que je m'occupe de vous, mademoiselle... Mademoiselle comment ?

— Aubier. Marine Aubier.

— Mademoiselle Aubier, il me faudra quelques informations complémentaires.

Quand elle eut répondu du mieux qu'elle put à toutes ses questions, elle crut le moment venu de parler d'argent.

— L'argent, je ne crache pas dessus mais on verra plus tard, dit M. Arthur. Ce que je fais, c'est pour sauver de malheureux jeunes gens égarés par la propagande judéo-bolchevique... Il faut encore qu'ils n'aient pas commis des actes trop graves... Je vais voir ça. Téléphonez-moi lundi prochain. Voilà mon numéro. Vous avez déjeuné ? Non ? Profitez-en, mon petit,

41

Mme Nadia sert ici des côtelettes Pojarski comme vous n'en mangez sûrement pas tous les jours, à vous voir... Pleines de beurre. Ah ! la guerre, c'est horrible, c'est une chose horrible, voyez-vous.

Il n'était même pas franchement antipathique, ce gros homme.

Elle le quitta, partagée entre l'espoir et la crainte d'en avoir trop dit, et regagna en hâte son bureau.

Là, elle retrouva Géraldine qui s'inquiéta de ses traits tirés.

— J'ai des ennuis, dit Marine. Louis a été arrêté.

— Arrêté ! Marché noir ?

— Non. Résistance.

— L'imbécile.

— Tu crois que Walter pourrait... pourrait faire quelque chose ?

— Avec la Gestapo, non. Ce qu'il peut faire, c'est libérer des prisonniers de guerre. Ça coûte cinquante mille francs l'un. C'est pour rien, non ? Si tu as des clients...

Deux et deux font trois

Le soir, Marine fit à Igor un récit minutieux de sa conversation avec M. Arthur. Il fut content d'elle, optimiste sur le résultat. Arthur était une huile. Pour le reste, il était agité, incertain sur la conduite à tenir.

Repartir à Clermont ? Pas question. Il était grillé là-bas. C'était miracle s'il avait échappé à la souricière tendue à Louis et à ses amis, mais celui qui les avait dénoncés devait le connaître.

Il avait des contacts à Paris, mais il pouvait être devenu dangereux si la Gestapo était sur sa trace. Avant toute chose, il lui fallait de nouveaux papiers, et ensuite une couverture.

Il s'inquiétait aussi pour Marine, disant qu'il ne pouvait pas continuer à habiter chez elle sans la mettre en péril.

— Ça m'est égal, disait Marine. Reste, je t'en prie, reste.

— Un bon soldat ne prend pas de risques inutiles, ma colombe.

Mais il fallait qu'il trouve une planque.

43

Vint le moment de téléphoner à
M. Arthur.

— Ah ! c'est vous, mon petit, dit
Arthur. Vous m'avez menti, hein ? Votre
frère est compromis jusqu'aux yeux. Et
toute sa bande avec lui. Vous savez ce
qu'ils ont fait, ces canailles ?

Marine balbutia quelques dénégations.

— Je n'ai pas de résultat pour le
moment et je ne vous promets rien. Rap-
pelez-moi dans huit jours.

Et il raccrocha. Et ce fut ainsi de
semaine en semaine. Marine ne dormait
plus. Pelotonnée contre Igor, la nuit elle
pleurait en pensant à Louis, son cher, son
tendre, son bien-aimé Louis... Elle se
remémorait chaque trait de son visage,
chacun de ses gestes familiers, elle cherchait à imaginer la prison, les geôliers, la
cellule, les traitements qu'il devait subir...
Elle se rongeait.

Deux et deux font trois

Igor, lui, avait trouvé une chambre chez une vieille dame russe, amie de sa mère, et se préoccupait de réunir les cinq cent mille francs promis à M. Arthur. Depuis sa rupture avec Ina, il avait décroché du marché noir. Il raccrocha, reprit contact avec le bureau Otto et ses fournisseurs français, accumula les opérations.

A sa surprise, un jour qu'il se trouvait rue Adolphe-Yvon, chez Otto, il vit entrer Ina, plus belle que jamais.

— Tu vois, lui dit-elle, j'ai trouvé le chemin sans toi.

Elle insista pour qu'il la raccompagne chez elle. Il céda. Ils remontèrent ensemble le boulevard Lannes. Elle habitait à deux pas.

Elle lui offrit du thé, plus rare encore que le café, et voulut savoir ce qu'il était devenu, depuis le temps...

— Je travaille sur un film, dit Igor.

— Ici, à Paris ?

— Oui, pour Clouzot...

Deux et deux font trois

Elle dit qu'elle aimerait le revoir, qu'elle ne s'était jamais vraiment consolée de l'avoir perdu... Elle jeta quelques noms en l'air, Katia, Maroussia, Alexandra, les avait-il revues ? Tout le monde s'interrogeait parmi les Russes de Paris, sur son ou ses amours... On chuchotait même qu'il faisait de la Résistance, était-ce possible ? Travailler avec ces bandits ?

— Non, dit Igor, leurs histoires, ça ne m'intéresse pas.

Tandis qu'elle babillait, il observait ses mains achevées par des griffes écarlates en se demandant comment il avait pu être subjugué par cette créature fabriquée, à la voix dure que même la langue russe ne parvenait pas à adoucir. Elle l'appelait par son vrai nom, Ivan, le seul qu'elle connaissait, et il en était curieusement irrité. Il n'y avait plus d'Ivan, Ivan était mort. Il eut envie de le lui dire : l'homme que tu as connu est mort. Je suis un autre. Mais il sut se garder de cette imprudence et finit par prendre congé, prétextant un rendez-vous.

Deux et deux font trois

En se rendant chez le fournisseur de faux papiers, il eut l'impression d'être suivi et se jeta dans une porte cochère. Mais c'était apparemment une fausse alerte. Il fit tout de même plusieurs tours et détours pour rejoindre l'appartement où Marine l'attendait.

Ina était structurellement méchante. Cela faisait partie de son charme. Petite fille, elle coupait les moustaches des chats et crevait les yeux des oiseaux.

Grande fille, c'est sur les hommes qu'elle exerça sa cruauté et elle en tira d'infinies satisfactions. Eux aussi, parfois ; il y a des gens bizarres.

Avec Igor, ce fut un peu plus compliqué. Il exerçait sur elle une domination physique qui l'humiliait et la comblait à la fois. En fait, autant qu'elle en était capable, elle l'aimait et, dès qu'elle se reprenait, entre deux étreintes, s'ingéniait à le faire souffrir en excitant, par exemple, sa jalousie. Alors il entrait dans des colères sauvages, cassait les miroirs, la battait parfois et elle jouissait. C'est de ces rapports de forces qu'il avait fini par être las. Il en avait épuisé le charme quand il mit le terme que l'on a dit à leurs relations.

Ce jour-là, Ina jura de se venger. Et comme elle était raffinée, elle médita longuement cette vengeance. Le dénoncer comme fauteur de marché noir ? Vulgaire. Et puis elle ne voulait pas le perdre. Elle voulait le reprendre, le voir souffrir mille morts par elle et se retrouver dans ses bras hurlant de plaisir. Il fallait attendre qu'il revienne à Paris.

Le soir de leur rencontre au bureau Otto, elle sut que le moment était venu. Elle avait des amis dans la police allemande. Elle demanda à l'un d'eux de faire surveiller Ivan Gratchoff, assistant à la Continentale, et de lui fournir le maximum d'indications sur lui.

— Quelqu'un qui vous embête ? demanda le policier.

— Non, non, pas du tout. Je vous raconterai.

Elle indiqua qu'il travaillait au studio de Billancourt. C'était la seule adresse qu'elle possédait.

Une semaine plus tard, elle reçut une fiche complète sur Igor, le lieu où il habitait, l'appartement où il se rendait tous les jours, loué par une certaine Marine Aubier, d'autre part secrétaire de direction à l'entreprise de transports Allard, et même le salaire qu'il touchait comme assistant. La fiche ajoutait : « Bon esprit. Une mère en zone libre — Cannes — qui nous est résolument favorable. »

Marine Aubier. Ainsi c'était avec une secrétaire de direction qu'il l'avait trahie... Pourquoi pas une dactylo ! Ina en était écœurée, choquée comme d'une trahison supplémentaire.

Quelques jours plus tard, Ina dit au major T. :

— Est-ce que vous pouvez me rendre un service, très cher ?

— Naturellement. De quoi s'agit-il ?

Elle expliqua qu'un jeune homme russe de ses amis — et de la meilleure société — était tombé dans les mains d'une aventurière suspecte, qu'elle serait heureuse de mettre hors d'état de nuire.

— C'est facile, dit le Major. Donnez-moi son nom, ce sera fait.

Et ils partirent pour l'Opéra, dans la voiture du major T.

Le surlendemain à huit heures du matin, Marine était arrêtée et conduite rue des Saussaies par deux hommes en civil.

En passant devant la concierge, elle souffla : « Prévenez-le... » L'autre, qui détestait les Boches, dit : « Comptez sur moi. Et ne vous en faites pas trop, mademoiselle Aubier, ils sont foutus ! »

Marine crut d'abord qu'il y avait un rapport entre son arrestation et celle du groupe de Clermont. Mais quand elle fut interrogée, il n'en fut pas question. En fait, il ne fut question de rien, seulement de son identité.

On la jeta dans une salle remplie de paille où se trouvaient déjà une dizaine de personnes arrêtées le même jour. Une femme enceinte pleurait. Un homme dont on avait cassé les dents gémissait. C'étaient des policiers français qui faisaient régner l'ordre. Tout à coup, un cri terrible retentit. Hors de la salle, il y eut une certaine agitation. Puis les policiers y portèrent le corps disloqué d'un jeune homme. « Il s'est jeté par la fenêtre, le con », dit l'un. Marine voulut se pencher vers lui.

— N'y touchez pas !

Il la tira brutalement en arrière.

— Ne vous mêlez pas de ça, vous entendez ?

Elle s'obstina. Il la gifla et la fit basculer dans la paille.

Les policiers sortirent. Alors une femme s'agenouilla à côté du jeune homme et dit : « Il est mort, le pauvre petit. »

Deux et deux font trois

C'était la première fois que Marine voyait un mort. Quelque chose de gluant coulait de sa poitrine. Il avait emporté des œufs dans sa poche.

Quand la concierge aperçut Igor, elle lui jeta, par la porte entrouverte de la loge : « Ils l'ont emmenée ! Décampez vite, sinon ça va être votre tour ! » Et elle ferma sa porte.

Igor sauta sur sa bicyclette et essaya tout en roulant de réfléchir. Il crut d'abord que l'arrestation de Marine était la conséquence du traquenard de Clermont. Ou bien était-ce lui que l'on cherchait chez elle ? La police avait-elle trouvé le poste émetteur ? Il se perdit en suppositions.

Marine, la douce Marine... Il avait le cœur percé, le sentiment déprimant de son impuissance. Que faire ?

Soudain, il songea à M. Arthur. Il fallait tout essayer.

— J'appelle de la part de Mlle Aubier.

— Oui... Je n'ai toujours pas de nouvelles pour elle.

— Elle a été arrêtée ce matin.

— Vraiment ? Et que voulez-vous que j'y fasse, monsieur ? Ils sont impossibles dans cette famille. On fait les quatre cents coups et ensuite on vient pleurer dans le gilet de M. Arthur ! Je ne suis pas le bon Dieu !

— Je voudrais au moins savoir où elle est...

— Ça je pourrai vous le dire. Appelez-moi demain.

Ce jour-là, Igor extorqua une bouteille de vodka au garçon de cuisine de Maxim's et en but jusqu'à ce qu'il tombe raide, seul dans sa chambre meublée.

Le lendemain, il appela Arthur. « Elle est à Fresnes, dit le gros homme. Pour le moment, je ne peux rien pour elle. Le magistrat instructeur ne l'a pas encore interrogée. Quant à son frère, c'est fini pour lui. Il est en route pour Compiègne. Il va être déporté. Au revoir, monsieur. Je ne sais pas qui vous êtes, mais prenez garde à vous... »

Fresnes. Igor fit confectionner un colis de vivres par l'habilleuse du film dont il était l'assistant, une Russe compréhensive et maternelle, fourra dans le colis une jupe et glissa dans l'ourlet un petit papier roulé sur lequel il avait écrit : « Marine, ma colombe, je t'aime. Louis va être déporté. »

Puis il se préoccupa de trouver une nouvelle planque, sous son nouveau nom, et de réactiver ses contacts avec un réseau de Paris. Il avait hâte de replonger dans l'action.

Marine était en cellule avec trois autres détenues. L'une, Jeanne, avait été prise avec un poste émetteur, l'autre, Odile, avait caché des aviateurs anglais chez elle, la troisième, Laure, avait, plus innocemment, tiré la langue à un Allemand dans le métro. Toutes attendaient avec appréhension d'être interrogées.

Le matin, elles tremblaient quand l'appel se faisait, désignant celles qui allaient partir rue des Saussaies pour interrogatoire. Ensuite, elles respiraient.

A la fin de la journée, souvent, des cris transperçaient la prison, cris de détenus qui revenaient torturés. Et elles se disaient : « Demain, ce sera peut-être moi. »

Le soir, à l'heure du couvre-feu, l'une ou l'autre s'approchait de la fenêtre toujours fermée et hurlait : « Vive de Gaulle ! » en sachant qu'elle risquait le cachot. Mais c'était leur façon de rester vivantes. Ensuite, elles s'allongeaient sur leur paillasse et faisaient leur prière, à haute voix. Je vous salue Marie...

Et le lendemain, tout recommençait, l'appel, la nourriture infecte, la toilette avec du sable en guise de savon, la surveillante exigeant que le parquet de la cellule soit gratté avec des manches de cuillers, et puis les heures s'égrenant, vides, dans l'oisiveté absolue.

Heureusement, il y avait Jeanne, toujours gaie, récitant des poèmes, racontant des histoires, composant des chansons, Jeanne, merveilleuse compagne, compagne de malheur.

Le billet d'Igor la rassura. Lui au moins avait traversé les mailles du filet. Et à propos de Louis, elle n'avait qu'une vague idée de ce que signifiait la déportation... Un camp de travail, pensait-elle. Il avait bourré son colis de rillettes et autres confitures qu'elle partagea avec ses codétenues affamées... Alors, elle leur raconta Igor, son audace, sa fantaisie, combien il était aimable...

Trois semaines plus tard, son nom retentit dans le hall de la prison. Interrogatoire. Elle se retrouva dans un petit bureau au premier étage de la rue des Saussaies. L'instructeur était en civil, tiré à quatre épingles, il parlait un français correct.

— A nous deux, dit-il. Vous allez être

bien gentille, et me dire d'où vous tenez un poste émetteur.

— C'est... c'est mon frère. Il l'a déposé chez moi.

— Où est votre frère ?

— Vous l'avez arrêté. Je crois qu'il est déporté.

— Et qui se servait de cet émetteur ?

— Personne.

— Personne, vraiment. Je vais vous rafraîchir la mémoire, mademoiselle Aubier.

Il se leva et lui donna quelques coups de matraque sur la nuque. Saisie, elle hurla.

— Vous n'aimez pas la matraque ? Alors faites appel à vos souvenirs. Voyez-vous, il y a très peu d'opérateurs qui savent se servir d'un émetteur. Il nous les faut. Il nous les faut tous.

— Je n'ai vu personne, plaida Marine. Personne. Je ne peux pas vous dire...

— Vous m'attristez, mademoiselle Aubier. Peut-être préférez-vous les coups sur les seins ? Sur ces jolis petits seins ?

Il se plaça derrière elle et frappa jusqu'à

ce qu'elle ne puisse plus retenir ses cris. Lui écrasa les orteils. La gifla.

— Maintenant, vous allez réfléchir, dit-il. Et quand vous reviendrez, je suis sûr que vous aurez quelque chose d'intéressant à me raconter.

Et il donna ordre qu'on l'emmène. Elle put à peine marcher jusqu'à la salle où s'entassaient les détenus, en attente du retour à Fresnes. Quelques-uns gémissaient qui avaient passé par la baignoire. A trois reprises, Marine subit le même traitement, plus dur à chaque fois. Elle n'était plus qu'une loque, un chiffon de douleur. Et puis, les interrogatoires furent suspendus. Elle en conclut que l'opérateur avait dû arriver chez elle et se faire arrêter. C'était la bonne explication.

Un matin, son nom retentit de nouveau dans le hall. Elle crut qu'il s'agissait d'un nouvel interrogatoire et murmura à Jeanne : « Je ne peux plus... Je préfère me suicider... » Mais la gardienne la pressa de ramasser ses affaires.

— Tu vas être libérée, dit Jeanne. Pense à nous, petite Marine. Va voir ma mère.

Elle promit.

Mais c'est dans un panier à salade qu'elle se retrouva, puis à Compiègne. Quand elle comprit qu'elle allait être déportée, elle pensa qu'elle allait rejoindre Louis et son angoisse en fut adoucie.

Elle le crut vraiment. Personne ne savait alors ce que signifiait la déportation. Cela se passait quatre semaines après le débarquement allié en Normandie.

C'est par Arthur qu'Igor fut informé.

Ses compagnons clandestins de Paris furent formels : rien à faire. Aucune tentative d'évasion n'était imaginable sans risques exorbitants que, d'ailleurs, ils ne prendraient pas. Leur groupe était lui-même décimé par la dernière vague d'arrestations. Seule lumière dans ces ténèbres : on savait par la radio anglaise que les

Allemands reculaient et que la Résistance serait bientôt appelée à l'action.

Igor était dans son repaire, provisoirement réfugié dans la vodka lorsque, le soir du 14 juillet, quelqu'un sonna à sa porte.

Personne ne connaissait son adresse. Il eut la tentation de fuir, mais fuir comment ? Après la sonnette, on frappa à coups redoublés. Il était armé, ouvrit, décidé à se défendre, et se trouva en face d'Ina, dans tout l'éclat de sa beauté.

— Tu vois, dit-elle, je t'ai trouvé, Ivan. Avec moi, tu ne peux pas te cacher... Tu sais pourquoi je suis là ? Parce que j'ai appris que tu es malheureux, tu as perdu ta dulcinée, n'est-ce pas ? Je le sais. C'est le major T. qui l'a fait arrêter pour te débarrasser d'elle. Elle est indigne de toi, Ivan, indigne.

Igor l'écoutait, abasourdi.

— Et qu'est-ce que tu fais dans cette chambre miteuse, toi, le flamboyant ? Tu me fais de la peine. Ecoute-moi, Ivan. Je t'aime comme je ne t'ai jamais aimé. Si je veux t'arracher à cette liaison stupide, c'est pour ton bien, pour que tu te retrouves toi-même. Fâche-toi, bats-moi si tu veux, crie, ça te fera du bien, mais sache que tu es à moi, à moi... Tu m'appartiens !

Elle parlait, elle parlait de sa voix stridente, elle marchait, offerte.

Alors Igor eut comme un voile devant les yeux. Il saisit une paire de ciseaux, arracha le chapeau d'Ina et, sauvagement, tailla à grands coups dans sa chevelure. Elle se débattit en hurlant, le mordit, lui cracha à la figure. Mais quand il la lâcha, elle ressemblait à un plumeau. Alors il la jeta dehors.

Il avait cinq minutes pour fuir, se dit-il, cinq minutes, pas davantage. Le temps pour Ina de lui mettre la police allemande aux trousses. Il saisit son rasoir, un chandail, fourra les poèmes de Rilke dans la poche de son trench-coat, et fila dans la nuit. Il lui fallait un abri avant le couvre-feu.

Ecumante, Ina avait réintégré son appartement de Passy avec des envies de meurtre. En se voyant dans la glace, défigurée, elle avait d'abord pleuré. Mais elle n'était pas de ces femmes qui pleurent longtemps. Il lui fallait une vengeance, et pas n'importe laquelle.

Le major T. ne lui refuserait rien. La déportation ? Trop doux... La torture ? Il faudrait un bon prétexte. L'arrêter avec des armes sur lui, lui imputer l'assassinat d'un officier allemand, le... Mais comment organiser tout cela ? Et pourquoi ne pas raconter simplement au major T. qu'Ivan Gratchoff l'avait battue, menacée de mort, qu'elle exigeait sa punition, la plus cruelle...

Le téléphone sonna tandis qu'elle ruminait. Elle espéra follement que c'était Ivan, repentant, qui l'appelait. Mais c'était le major T... Il n'avait pas sa voix ordinaire.

— J'ai besoin de vous voir tout de suite, dit-il.

— Tout de suite ? Mais je ne peux pas mon ami, je suis déjà couchée, je dors...

— Eh bien, réveillez-vous. J'arrive.

Et il raccrocha.

Affolée, Ina chercha un subterfuge pour

dissimuler ce qui lui restait de coiffure, s'enroula d'une écharpe de mousseline, mais le major T. se moquait bien, ce soir-là, des afféteries. Ce qu'il venait dire à Ina tenait en quelques mots. Un : il était rappelé sur le front et partirait dès le lendemain. Deux : les armées allemandes étaient en difficulté. Trois : si par malheur Paris était évacué, il pourrait se passer des choses désagréables pour les amis des Allemands, et il lui conseillait d'y penser très vite.

C'était un homme bien élevé. Il la remercia des faveurs qu'elle lui avait accordées mais sa tête, visiblement, était ailleurs.

Ina reçut ces informations non sans effroi. Quelque chose s'écroulait qu'elle avait cru éternel : la puissance allemande.

A Flossenbürg où elle travaillait dans une usine de munitions, Marine était devenue maigre comme un haricot vert. Comme la plupart des autres détenues, elle sabotait ce qu'elle fabriquait. C'était la seule joie de leur vie. Marine avait particulièrement souffert du froid et ses camarades de misère avaient bien cru que, de bronchite en bronchite, elle y passerait. Mais elle serrait les dents et tenait debout parce qu'elle voulait vivre, elle voulait vivre pour revoir Louis dont elle ignorait même dans quel camp il se trouvait. Pour elle, le supplice, ce n'était pas les coups, les engelures, l'appel interminable dans l'aube glaciale, la faim jamais assouvie. Le supplice, c'était l'absence de nouvelles.

Parfois elle se souvenait du vieux serment que lui avait fait Igor : penser à elle tous les soirs à minuit. Mais il y avait longtemps qu'on lui avait pris sa montre.

Igor avait eu de la chance. L'un de ses contacts à Paris, Pierre, était à son domicile, avec une poignée de camarades, le soir où il cherchait refuge. Il dit tout de suite qu'il était brûlé, dangereux, et qu'il comprendrait si on lui refusait asile. Mais il fut accueilli à bras ouverts. L'effervescence régnait. Le bruit s'était répandu par la radio anglaise que les Allemands étaient en grande difficulté. Les consignes étaient à l'insurrection dans toute la capitale. Igor arrivait à temps pour y participer. En compagnie des autres garçons, il s'en fut faire le coup de feu sur les barricades. Ils allaient y passer quelques jours d'ivresse. C'était le 14 juillet.

Le 15, le métro ne circulait plus, la police avait disparu. Le 20, l'Hôtel de Ville et la plupart des mairies étaient investis. Pendant plusieurs jours, des accrochages se produisirent entre les vingt mille soldats allemands et les trente-cinq mille F.F.I. parisiens.

Blessé d'une balle au bras gauche, Igor se battit comme un lion jusqu'à ce qu'on l'entraîne de force vers une infirmerie improvisée ; alors, enfin, il s'évanouit. Il avait perdu beaucoup de sang.

Quand il se réveilla, il eut la surprise de voir une vieille dame affectueusement penchée sur lui. C'était la grand-mère de Pierre. Ne sachant trop quoi en faire, celui-ci avait dit : « Amenez-le chez elle. Pas à l'hôpital, on ne sait jamais. La Gestapo est encore active. »

On requit un chirurgien sympathisant. Il fut efficace et rassurant. Une affaire d'un mois, rien de grave, mais un danger d'infection. Surveiller la température. D'abord, Igor se laissa dorloter par la vieille dame. Mais vite, il brûla de replonger dans l'action. Un soir il annonça : « Je m'engage dans la brigade Leclerc... »

Il fit un saut à Cannes pour prévenir sa mère, récupérer son livret militaire, son uniforme, la trouva consternée par les revers allemands, en train de faire un bridge avec trois amis russes abîmés, eux aussi, dans les lamentations. Il remit à plus tard le soin de les arracher à leurs fantasmes. Ces braves gens avaient vraiment cru que le triomphe d'Hitler leur rendrait leur pays, leurs terres et leur argenterie.

Igor emprunta deux mille francs à sa mère, affolée d'apprendre qu'il partait pour se battre, jura d'écrire dès qu'il aurait une adresse et salua la compagnie d'un « Vive Churchill » qui la laissa sans voix. Quelques jours plus tard, il roulait, sur un char blindé, en direction de l'Alsace.

Tout de suite, il avait pensé : « Marine... Je vais retrouver Marine... Je vais chercher Marine. » Pensée folle. Il ne savait même pas dans quel camp elle se trouvait, et les armées alliées étaient encore loin d'avoir pénétré le territoire allemand. Pris dans des combats très durs, Igor abdiqua ses illusions. Mais après ces mois de clandestinité avec ce qu'ils comportaient d'inaction, d'attentes, de danger sournois, de découragement parfois, la vie militaire lui fut comme un bain rude mais salubre.

Deux et deux font trois

Dans Paris libéré, éclatant d'exaltation, couvert de soldats américains qui distribuaient des chocolats aux enfants et des cigarettes aux adultes, les épurations sauvages avaient commencé.

Ina V. était en danger et elle le savait. Une domestique, la gardienne de l'immeuble, n'importe qui pouvait la dénoncer.

En toute hâte, elle s'installa à l'hôtel, abandonnant l'essentiel de sa garde-robe, ses fourrures, n'emportant que ses bijoux et l'argent, produit du marché noir, qu'elle gardait toujours dans son coffre.

Puis elle reprit contact avec la colonie russe de Paris, qui la reçut sans chaleur. Sans rien savoir de précis, on n'ignorait pas qu'elle avait beaucoup fréquenté les Allemands. Or, les Russes de Paris étaient comme tout le monde : ils aimaient les vainqueurs. Puisque le vent avait tourné, ils tournaient avec lui.

Mais il y avait parmi eux une jeune fille, Nadia, qu'Ina V. avait toujours protégée, gâtée comme elle l'eût fait d'une nièce.

Deux et deux font trois

Nadia lui fit fête, et raconta sa vie. Une vie épatante : inespérée. Bilingue, elle avait été engagée comme secrétaire du lieutenant Humphrey à l'état-major américain à Paris. « Tu imagines ça, Ina ? Depuis je ne cesse pas de manger ! »

Quand Ina dit qu'elle serait heureuse de rencontrer ce lieutenant, Nadia dit : « C'est facile... Je vais le lui demander... Il ne connaît personne à Paris, il sera content de te voir... »

C'est ainsi qu'Ina fut introduite auprès du lieutenant Humphrey.

C'était un grand garçon au regard myosotis pour qui les femmes françaises étaient mi-fées, mi-sorcières. Son père, qui avait fait l'autre guerre, lui racontait encore, vingt ans après, quand il avait un peu bu, comment il s'était épris, en 1918, d'une jeune modiste qui l'avait conduit au septième ciel.

En trois jours, Ina mit le jeune homme dans sa poche, en huit jours elle en fit un amant ébloui. Un soir qu'ils étaient ensemble au restaurant, quelqu'un s'appro-

cha de leur table et insulta Ina. Le lieutenant comprenait un peu le français. Il se
leva, fou de rage, et secoua l'insulteur.

— Vous ne savez pas qui est cette
femme, dit celui-ci, sinon vous auriez
honte de vous montrer avec elle, vous, un
soldat américain. Et il cracha en direction
d'Ina.

— Qu'est-ce qu'il raconte, mais qu'est-
ce qu'il raconte ? dit le lieutenant dont le
français était dépassé.

Ina crut le moment venu d'éclater en
sanglots et de dire qu'elle allait tout lui
raconter.

Elle le fit en artiste, sur l'oreiller. L'histoire de cette femme qui s'était dévouée
pendant toute la guerre à sa famille affamée
et qui avait fait un peu, un tout petit peu
de marché noir pour la nourrir — à cause
de quoi, maintenant, de méchantes gens la
persécutaient —, cette histoire aurait atten-
dri un peu plus qu'un lieutenant américain
natif de l'Iowa.

Il déclara qu'il la prenait sous sa protection, que personne n'oserait plus la toucher.

— Je veux m'en aller, dit-elle en larmes, je veux quitter la France... Vous ne connaissez pas les Français, ils sont sauvages, ils vont me tuer...

— Si vous quittez la France, ce sera avec moi, annonça le lieutenant. Je vous emmène et je vous épouse.

— Je veux aller en Amérique du Sud, dit Ina, suppliante. C'est le seul endroit où on ne me fera pas de mal.

— Nous irons en Amérique du Sud, darling, nous irons où vous voudrez.

L'affaire était dans le sac.

Ina passa deux mois à Paris, exhibant son lieutenant enamouré, et qui s'en serait pris à la compagne d'un officier américain en 1944, à Paris ?

Puis Humphrey l'emmena aux Etats-Unis, et de là en Amérique du Sud où enfin la peur qui n'avait cessé de la tenailler au ventre s'apaisa. Là-bas, les collabos étaient entre eux.

Deux et deux font trois

Comme il n'y a pas de justice, pendant qu'Ina V. sauvait sa peau, la guerre continuait. Marine n'était plus qu'une ombre et Louis, à Neuengamme, se mourait.

Enfin les camps furent libérés et les déportés commencèrent à rentrer.

Alors Igor devint un habitué de l'hôtel Lutétia où la plupart arrivaient, squelettes couverts de toile rayée. Il venait tous les jours, compulsait les listes, scrutait les visages décomposés. Marine et Louis n'avaient pas de famille qui aurait pu être, éventuellement, prévenue de leur retour. Leur famille, c'était Igor. Il était là. Il attendait. Après chaque arrivée, il repartait un peu plus angoissé.

Louis n'est jamais revenu. Il est mort du typhus.

Marine... Un jour, sur un brancard, Igor a reconnu son petit visage creusé. Elle respirait avec peine. Quand elle l'a vu, elle a souri mais elle paraissait au bout de la vie, comme une chandelle prête à s'éteindre.

Deux et deux font trois

Alors, bousculant tout le monde, Igor l'a prise dans ses bras et a crié : « Je l'emporte... Moi, je la sauverai. » Et son frêle fardeau sur les bras, il a foncé vers sa voiture. On a voulu le rattraper mais c'était trop tard. Personne n'a jamais rattrapé Igor.

Clinique, médecins, soins intensifs, Marine Aubier a été sauvée.

Qu'est-ce qu'ils vont devenir, maintenant, ces deux-là ? Ils s'aiment, bon, pas de doute là-dessus. Et ils vont se marier. Mais Igor ne sera jamais un garçon rangé qu'on enferme dans un bureau pour faire de l'import-export. C'est un aventurier qui a besoin de prendre des risques. Marine, elle, très éprouvée, est restée fragile. Elle a besoin de repos, de paix.

Est-ce que la combinaison va marcher ? Pour l'heure, elle marche et lorsqu'ils sont séparés, tous les soirs à minuit, chacun des deux pense à l'autre. Un serment qu'ils se sont fait. Une chose est sûre : la Résistance, la déportation, la guerre, ils n'en parlent jamais. C'était une autre vie. Ce qu'ils ont à faire maintenant est, d'une certaine manière, plus difficile.

— 2 —

Quand la gardienne de son immeuble vit Marine revenir, elle manqua s'évanouir.

— Mademoiselle Aubier ! Qu'est-ce qu'ils vous ont fait ces barbares ?

Si maigre, si pâle... C'était une brave femme. Elle prit sur elle de la nourrir, modérément comme cela lui avait été recommandé, de lui faire sa toilette, de veiller sur elle... Igor se chargeait du ravitaillement, qui était encore difficile. Une infirmière passait régulièrement pour les piqûres.

Marine avait supplié Igor de venir habiter avec elle, ce qui n'était pas bien raisonnable.

— Vas-y, avait dit le médecin qui la soignait, un camarade de Résistance. Elle n'a pas besoin de raison, elle a besoin de toi.

Et il était venu.

Il voulait l'entendre raconter le camp, l'usine, la déportation mais elle refusait d'en parler. En revanche, elle le harcelait de questions sur ce qu'il avait fait, lui, pendant ces longs mois de séparation et comment c'était, la guerre...

Un jour, elle voulut sortir pour aller chez le coiffeur. La vie était revenue.

Elle se mit alors à penser aux choses pratiques dont Igor avait le génie d'écarter le souci, et dressa une petite liste : trouver un appartement un peu plus grand que ce mouchoir de poche. Chercher du travail. Se marier, point d'interrogation.

Igor avait barré le point d'interrogation. C'est ainsi que le 21 septembre 1945, Igor et Marine se retrouvèrent à la mairie du VIe arrondissement. Elle n'avait plus de famille, sinon de lointains cousins. La mère d'Igor s'était dérangée, sentiments mêlés et bonnes manières. Mais il y avait les amis, tous les amis des jours noirs, ceux qui avaient survécu, groupe hétéroclite mais soudé encore par ses souvenirs, et ce fut un fameux festin de fête arrosé de champagne qui réunit tout ce monde dans un grand restaurant.

Mme Gratchoff était seulement vaguement irritée parce qu'Igor avait décidé de garder son nom de guerre, de tuer définitivement Ivan Gratchoff pour lui substituer Igor Volodine. « Ton grand-père était colonel dans l'armée impériale, disait-elle, son nom était illustre. » « Le mien le deviendra, rétorqua Igor, ne pleure pas, maman. » Mais ce ne fut qu'un petit incident.

Le lendemain, Marine, forte de son nouveau statut de femme mariée, prit le taureau par les cornes et demanda doucement à Igor :

— Dis-moi, mon amour, de quoi vis-tu exactement ?

Igor rit.

— Qu'est-ce que tu crois ? Que je fais des casses ?

— Je ne crois rien, je te demande. Juste pour savoir.

— Je suis un bon garçon honnête et travailleur qui exerce l'honorable profession d'assistant metteur en scène. C'est un métier précaire, on n'y fait pas fortune, mais on peut en vivre et faire vivre sa femme, si c'est cela qui te préoccupe.

— J'ai l'air préoccupée ?

— Accessoirement, je joue.

— Tu joues ? Tu joues quoi ?

— Au bridge, au poker.

— Et... tu gagnes ?

— Presque toujours. Il faut être idiot pour jouer quand on perd. Je t'apprendrai, tu verras, c'est très simple. Une question de nerfs.

— Quelquefois, tu me fais peur Igor. Ce goût que tu as du risque... Permets-moi de travailler. Cela me rassurerait...

— Tu es libre, ma colombe, tu es libre... D'ailleurs, j'adorerais que tu m'entretiennes... Maintenant viens, embrasse-moi, embrasse-moi vite ou sans ça je te viole.

Deux et deux font trois

Marine avait brièvement goûté au journalisme pendant les quelques semaines passées à Clermont. Surtout, elle avait fait la connaissance d'un beau directeur de journal parisien, H.M., dont elle avait gardé le meilleur souvenir. Les circonstances étaient exceptionnelles, il est vrai ; entre tout ce monde entassé dans deux pièces, les hiérarchies avaient disparu. H.M. qui, dans un autre contexte, aurait ignoré Marine lui avait parlé gentiment. Clermontoise, elle avait pu rendre de menus services à ces Parisiens désorientés. Elle décida de tenter sa chance auprès de H.M. Encore fallait-il être reçue.

Dans le grand immeuble où elle se hasarda, un huissier lui fit remplir une fiche. Elle écrivit « Marine de Clermont ». Heureusement, elle avait un prénom peu commun dont il se souviendrait peut-être. Mais aurait-il envie de s'en souvenir ?

Elle attendit trois quarts d'heure dans un couloir arpenté par des gens extrêmement agités et commençait à désespérer lorsque l'huissier la fit entrer. Noyé dans des papiers, H.M. dit : « Asseyez-vous », sans lever les yeux, et cela dura encore cinq bonnes minutes. Enfin, il la regarda de ses yeux violets et soupira :

— Marine de Clermont... Eh bien, en voilà une revenante !

— Vous ne croyez pas si bien dire, monsieur.

— D'où sortez-vous, petite fille ?

Elle dit les choses rapidement, expliqua qu'elle cherchait du travail, exposa ses qualifications, dit enfin qu'elle avait pensé à venir le voir parce qu'il lui avait laissé l'impression qu'il était un être humain. Ce qui le fit rire.

— Bref, dit Marine, est-ce que vous auriez une petite place pour moi ? J'apprends vite, vous verrez.

Il allait lui répondre lorsque le téléphone sonna, l'entraînant dans une conversation interminable. Lorsqu'il raccrocha, il était pressé et jeta seulement :

— Laissez-moi votre nom, votre adresse,

votre numéro... Je vais voir ce que je peux faire.

Le téléphone sonna de nouveau. Il fit signe à Marine de sortir ; que fallait-il retenir de tout cela ? L'accueil chaleureux ? Ou le flou ? Elle partit optimiste. Et elle avait raison. Quelques jours plus tard, elle était convoquée au journal.

C'était un temps où nombre de journalistes compromis dans la collaboration avaient été évincés des rédactions, de sorte que les places ne manquaient pas. Mais c'était aussi un temps où il y avait très peu de femmes dans la presse. Aucune dans un poste de responsabilité, chef de service, aucune à la rédaction du *Monde*, à celle du *Figaro*, quelques-unes seulement au groupe *France-Soir* où le patron, Pierre Lazareff, ne sous-estimait pas leurs capacités, mais dans de petits emplois.

C'est dire que Marine ne fut pas assise sur un piédestal. Mais, soutenue par H.M., on lui donna assez de petites choses à faire, enquêtes, encadrés, traductions, pour qu'elle s'aiguise les griffes et montre qu'elle voulait travailler. Quelquefois, ce fut dur, mais quand elle comparait les plaisirs que lui donnait ce nouveau métier avec son ancienne fonction dans une entreprise de camionnage, elle se disait que le dur n'était pas cher payé. Qu'il fallait seulement tenir et s'accrocher. Elle s'accrocha. C'était dans sa nature. Ne jamais lâcher ce dans quoi l'on a planté les dents. Et même, accepter les claques sur les fesses administrées par le chef des informations.

Et Igor ? Igor jubilait de la voir heureuse dans son travail. Sans le dire, il avait redouté pour Marine cette reprise de contact avec la vie professionnelle. Elle paraissait encore si menue, si délicate...

Le soir, quelquefois, elle rentrait exténuée. Alors il l'obligeait à se mettre au lit et lui apportait à dîner... Elle se débattait mais elle aimait qu'il fût attentif à sa fatigue, soucieux pour elle...

Ils habitaient maintenant trois pièces

claires, sur les arbres, grâce à une réquisition, accordée en raison des services de guerre d'Igor. Heureusement, car trouver un appartement à Paris tenait de l'exploit. Les loyers étaient bloqués, les pas de porte interdits, moyennant quoi ils se pratiquaient sous la table. Encore fallait-il pouvoir les payer. Les femmes de ménage n'étaient pas encore espagnoles, et on en trouvait facilement. Grâce à quoi, Igor et Marine étaient modestement servis, une partie de la journée, par une brave personne dévouée. Il n'y avait pas de machine à laver le linge, ni de machine à laver la vaisselle, ni de sacs en plastique pour les ordures qu'il fallait descendre tous les soirs, ni aucune commodité ménagère, mais on ne se sent pas privé de ce qui n'existe pas.

Igor et Marine avaient donc le sentiment de vivre dans le confort et l'appréciaient. Il circulait dans une vieille Citroën brinquebalante et attendait avec impatience celle qu'il avait commandée... Les délais étaient vertigineux. Jacques Becker l'avait choisi comme assistant et il s'était épris de ce personnage singulier, raffiné, à la parole difficile, qui ressemblait à un officier de l'armée britannique.

Le dimanche, il faisait un poker ou un bridge dans un cercle de jeu fréquenté par des mordus dont aucun n'était vraiment de sa force et qu'il dépouillait régulièrement. Il ne s'agissait pas de sommes énormes mais suffisantes pour qu'il puisse faire quelques folies : acheter cinq cents grammes de caviar par exemple, et alors on invitait tous les copains. Et l'on se noyait dans les souvenirs. Ils s'étaient tous réinsérés dans la vie civile, avec des bonheurs divers.

Un soir, un ancien compagnon de Résistance, Denis, frappa à leur porte.

— Vous pouvez m'héberger ?

— Bien sûr. Pourquoi ?

— Je suis recherché par la police.

— Qu'est-ce que tu as fait ?

— J'ai volé une voiture.

— Pourquoi ?

— Parce que j'en avais envie.

— Bonne réponse. Et où est-elle cette voiture ?

— Devant la porte.

— Bon moyen de te faire repérer. Tu as perdu tes réflexes, mon vieux. Donne-moi les clés, je vais commencer par aller la planquer. C'est quoi ta voiture ?

— Une 15 Citroën.

Igor descendit en hâte.

— Ça t'arrive souvent de voler des voitures ? demanda Marine.

— Non, c'est la première fois. J'en crevais d'envie.

— C'est un peu bête.

— Oui. Quelqu'un m'a vu. Ils m'ont suivi, mais j'ai réussi à les semer. Ils doivent me chercher dans le quartier.

— Bon. Calme-toi. Bois un verre. Etends-toi sur le canapé.

Igor reparut soucieux.

— La police rôde.

Denis voulut aller à la fenêtre.

— Non, ne te montre pas.

On sonna à la porte.

— Tiens, qu'est-ce que je disais ? Planque-toi dans la chambre.

Il ouvrit. C'était deux gardiens en uniforme, courtois. Ils dirent qu'ils cherchaient un voleur de voiture qui s'était probablement caché dans l'immeuble. L'aurait-on aperçu ?

— Non. Rien vu de tel. Désolé, messieurs...

— Maintenant, il faut que j'arrive à sortir d'ici, dit Denis.

— J'ai une idée, dit Marine. Nous allons descendre ensemble. Ils ne cherchent pas un couple... Nous monterons dans la voiture d'Igor, et je te conduirai tranquillement jusque chez toi.

— Bien vu, dit Igor. Allez-y. Et toi, ne recommence pas à faire le con.

— Si, dit Denis, je recommencerai, parce que j'en ai marre de la vie que je mène. Employé de banque, tu te rends compte, après ce qu'on a connu... Allez, au revoir Igor, et merci.

Denis ne fut que l'un des rescapés de la

Résistance à la lisière de la légalité, aux-
quels Igor et Marine donnèrent parfois un
coup de main.

Mais loin des affres, des péripéties, des
risques de la guerre, Igor et Marine
s'étaient, en somme, embourgeoisés autant
qu'Igor pût l'être.

Un matin, Marine fut appelée chez
H.M. Elle s'y précipita, tremblante. Il vou-
lait savoir si elle parlait anglais. Oui ?
Bien ? Bien.

— Alors, dit-il, vous allez partir immédiatement pour Marrakech où vous irez
prendre une interview de Churchill. Il est
à la Mamounia. Personne ne le sait encore.
Il faut que vous soyez la première. Vous
passerez votre papier par téléphone.

— Mais, mais... Mais...

— Mais quoi ? Vous ne voulez pas y
aller ? Vous avez peur en avion ? Vous
voulez faire du journalisme en chambre ?

— Mais pas du tout, monsieur, il faut
seulement que je la prépare, cette interview.

— La documentation vous donnera un

dossier. Vous travaillerez pendant le voyage. Allez, Marine, prenez votre chance, que diable !

Le temps de prévenir Igor et elle était en route pour Marrakech sans même une brosse à dents. Dans l'avion, elle se prépara du mieux qu'elle put et arriva, dans la lumière aveuglante de la ville, ferrée à bloc.

La Mamounia était — est toujours — un endroit de rêve, un grand hôtel avec une piscine dans des jardins opulents, un air léger qui, le soir, devient froid, mais Marine était trop angoissée pour regarder autour d'elle. Elle demanda Winston Churchill. On lui indiqua un monsieur chauve et gras, fumant un cigare, qui sommeillait au bord de la piscine. Elle se présenta. Et il éclata de rire.

— Journaliste, hein ? Et qu'est-ce que vous voulez, mademoiselle ? Une interview. Alors je vais vous apprendre quelque chose. Je n'écris pas mal du tout. Quand un journal veut connaître mes opinions, je peux très bien les rédiger moi-même.

— Je vois, dit Marine. Dans ce cas...

Deux et deux font trois

— Attendez, attendez, ne partez pas comme ça. Votre patron va être furieux, hein ? Vous lui direz : « Ce sacré Churchill est impossible, il n'y a que l'argent qui l'intéresse. » D'ailleurs, il le sait. Tout le monde le sait, sauf vous. Ça me fait beaucoup de peine de vous contrarier. Vous êtes charmante. Venez. Nous allons dîner ensemble. Mais vous me donnez votre parole que vous ne reproduirez pas notre conversation ?

Et c'est ainsi que Marine fit le dîner le plus amusant de sa vie avec l'hôte le plus brillant, le plus drôle qui se pouvait imaginer. Il n'en fallait pas moins pour la distraire de son échec. Comment allait-elle l'annoncer à Paris ? Et si H.M. allait la congédier ?

Enfermée dans sa chambre, assaillie par les odeurs délicieuses venant du jardin, elle eut un moment de désespoir. Enfin, elle se reprit, saisit son stylo et écrivit : « Comment je n'ai pas interviewé Winston Churchill. » Suivait le récit de ce qui lui était arrivé, et un portrait acidulé du plus fameux des Britanniques. Elle téléphona au journal, dicta son papier, et sombra dans la mélancolie. Heureusement, le concierge de l'hôtel lui avait trouvé une brosse à dents, sans quoi l'horreur eût été à son comble.

En rentrant le lendemain, elle osa à peine se présenter au journal. Un rédacteur du service étranger lui lança : « Dis donc, tu as du culot toi ! »

Elle ouvrit le journal. Son papier y était, court, mais bien présenté. Alors, elle pleura sans savoir si c'était d'émotion ou de fatigue.

Tels furent les vrais débuts de Marine Aubier dans le journalisme.

Elle se hâta de rentrer, pressée de retrouver Igor... Il n'était pas là. Elle s'écroula sur son lit, rompue et s'endormit. Vers minuit, elle s'éveilla : toujours pas d'Igor.

Une angoisse irrationnelle la saisit à quoi elle mesura l'insécurité où la tenait Igor. Comme si, avec lui, tout pouvait toujours arriver y compris le pire, qu'il disparaisse, qu'il s'évanouisse, qu'on le retrouve au Kazakhstan ou au Mexique avec une bande de guérilleros, ou au fond de l'Afrique, pourquoi pas...

Elle téléphona ici et là... Mais personne n'avait vu Igor ce soir-là. Appela les commissariats, les hôpitaux : pas trace d'Igor Volodine.

Il était quatre heures du matin lorsqu'il parut, tranquille et gai.

— Mais enfin, où étais-tu ? demanda Marine bien qu'elle se fût juré de ne jamais lui poser la question.

— Au boulot, ma colombe, au boulot. Extérieurs de nuit. Tu me fais couler un bain ? J'ai pelé de froid.

Elle s'abattit contre lui :

— J'ai eu si peur, Igor, si peur...

— Ne dis pas de bêtises et écoute-moi. Je vais peut-être tourner un film...

— Avec qui ?

— Avec personne. Avec moi. Deutsch-meister est prêt à me confier une mise en scène — il m'a donné le feu vert pour travailler avec un scénariste.

Elle restait muette de surprise.

— Eh bien, c'est tout l'effet que ça te produit ?

— Tu as un sujet ?

— Bien sûr que j'ai un sujet : je veux tourner *La Cerisaie* de Tchekhov. Alors ce bain, il vient ?

Il s'était déshabillé et déambulait, en slip, dans l'appartement, en faisant des battements de pied, signe d'allégresse.

— Et toi ? C'était bien, le Maroc ? Qu'est-ce que tu as fait ?

— C'était bien, oui. Mais raconte-moi encore : tu vas le tourner quand, ce film ? Tu as pensé à qui comme scénariste ? Et comme interprète ?

— Ah ! enfin, tu t'intéresses à moi !

Il la saisit, la fit virevolter, la coucha sur le lit. Elle lui glissa entre les mains, s'en fut fermer les robinets de la baignoire, tandis qu'il criait : « Où vas-tu, traîtresse... », et revint se nicher dans ses bras.

Deux et deux font trois

L'élaboration du scénario fut laborieuse. Deutschmeister, un gros homme rusé qui avait quelques grands succès à son actif comme producteur, avait donné à Igor comme complice un bon faiseur, Deniaud, l'un de ceux qui allaient s'attirer, quelques années plus tard, les sarcasmes de François Truffaut.

Igor ne le trouvait pas assez russe. « Il me raconte *La Cerisaie*, disait-il à Marine, comme si l'action se passait à Ville-d'Avray. Il me rend fou ce type... »

Les séances de travail orageuses se succédaient sans aboutir à un premier traitement satisfaisant.

— Vous devriez aller travailler à la campagne, dit Deutschmeister. On ne fait rien de bon à Paris. Je vous paie un mois de séjour au Pavillon Henri IV mais au retour, je veux quelque chose de solide...

Et Igor se retrouva seul, avec Deniaud, à Saint-Germain, flanqué d'une secrétaire. Ce n'était pas un mauvais bougre, ce Deniaud, et même, il avait du talent. C'est l'attelage qui ne marchait pas. Deniaud le prenait de haut avec ce débutant qu'était Igor. Igor ruait, devenait désagréable et abusait de la vodka.

Pendant ce temps, Marine, seule à Paris, se morfondait. Elle avait peu d'amis. Toutes ses relations, hors du travail, étaient celles d'Igor. Au journal, elle s'était liée avec une grande fille drôle, hautement fantaisiste, qui dévorait les hommes comme des petits pains chauds et disait : « Si j'étais un mec, je serais le patron ici. Mais comme je ne suis pas un mec, on ne s'aperçoit même pas que j'existe. » Toutes choses à peine exagérées. Tout le monde aimait Natacha, précieuse documentaliste, et Natacha aimait Marine.

Mais elle essaya en vain de l'entraîner dans l'une de ces beuveries où elle se déchaînait. Marine craignait l'alcool qui la grisait aussitôt.

Aussi les soirées solitaires, loin d'Igor, rompues seulement par de longues conversations téléphoniques, lui furent-elles pesantes. Mais soit, c'était sa contribution au scénario de *La Cerisaie*.

— Tu es en train de devenir une petite-bourgeoise accrochée à son mari comme une moule à son rocher, lui disait Natacha. Je parie que tu vérifies les comptes de ta femme de ménage. Réveille-toi, Marine...

— Je n'en ai pas envie, disait Marine. Igor, c'est mon père, ma mère, mon frère, mon enfant... Je n'ai que lui au monde. J'ai besoin de la sécurité qu'il me donne. J'en ai tellement bavé, Natacha, si tu savais...

— Tu ne racontes jamais rien.

— Un jour, je te raconterai...

— Qu'est-ce qu'on t'a fait ? On t'a tondue ?

— Oui.

— Tu as eu faim ?

— A en devenir folle. Le plus dur, ce sont les crampes.

— On t'a violée ?

— Non. Ce n'était pas le genre. On m'a fait défiler complètement nue devant un dentiste qui examinait les mâchoires comme un maquignon pour repérer les couronnes en or qu'il prélèverait quand nous serions mortes... On m'a fait travailler les pieds nus dans la neige... On m'a fait courir jusqu'à ce que je tombe parce que mes jambes étaient enflées... Grâce à une camarade, je me suis relevée... Sinon, je ne serais pas là pour te parler. Les autres qui tombaient étaient embarquées immédiatement vers les chambres de la mort. On m'a battue, on m'a... Ah ! laisse, Natacha. Je n'ai pas envie de raconter davantage.

Cette nuit-là, Marine fit, comme souvent, d'affreux cauchemars.

Cependant, les choses allaient bien pour elle. Et même, elles galopaient.

Son profil de Churchill avait donné l'idée à H.M. de lui en faire faire un par semaine, à propos d'une personnalité du moment. « Si vous réussissez cela, lui dit-il, vous êtes lancée... Vous serez la Janet Flaner française. »

Elle ne savait pas qui était Janet Flaner mais se précipita sur le *New Yorker* pour le découvrir. Quel talent ! Quelle maîtrise ! Elle se sentit loin d'un tel modèle, et faillit renoncer.

Mais Marine, on l'aura compris, ne renonçait jamais à rien. Son premier profil fut celui d'un couple de comédiens alors célèbres, Madeleine Renaud et Jean-Louis Barrault. Le suivant celui d'un homme politique, Guy Mollet. Bientôt, sa chronique s'installa et devint l'un des clous du journal.

H.M. triomphait. Marine était sa chose.

Quant à Igor, il se débattait avec *La Cerisaie*. Un traitement était enfin sorti de ses cogitations avec Deniaud. Deutschmeister l'avait trouvé satisfaisant. Il fallait passer à l'étape suivante : faire du Tchekhov tissé dans du Tchekhov.

— Deniaud en est incapable, déclara Igor à Deutschmeister. Il sait faire parler les paysans du Cantal et les demi-mondaines parisiennes. Pas les bourgeois russes.

— Ecoutez, mon petit ami, dit Deutsch-meister, je vous donne le meilleur dialoguiste de Paris que je paie à prix d'or, et vous faites la fine bouche ! Je vais finir par me séparer de vous et pas de lui !

— Eh bien c'est ça, séparons-nous, dit Igor à vif. J'emporte mon scénario, j'irai le tourner ailleurs.

— Vous n'emportez rien du tout. Ce scénario, j'ai payé pour l'avoir. Il m'appartient. Je tournerai *La Cerisaie*.

— Vous n'avez pas le droit !

— Vraiment ? Et pourquoi pas ? Tchekhov est à tout le monde !

Les choses auraient dégénéré si Deniaud n'avait eu le bon esprit de se récuser pour écrire les dialogues de *La Cerisaie*. Il était excédé par Igor. On lui proposait un autre travail pour un réalisateur chevronné, un policier pépère, il en avait par-dessus la tête des Vania, des Ania, des Lopakhine, de leurs états d'âme et de ceux de cet Igor Volodine qui se prenait pour Eisenstein. Salut la compagnie !

Deux et deux font trois

— Vous êtes content maintenant ! dit Deutschmeister qui l'était à moitié.

— Oui, dit Igor. Je suis content. Laissez-moi chercher, je trouverai le dialoguiste qu'il me faut.

Deutschmeister grommela quelques paroles désagréables où il était question de l'inexpérience d'Igor et de ses mauvaises manières. En vérité, il croyait en lui et son flair l'avait rarement trompé.

Quand Igor donna son scénario à Marine, elle le lut attentivement, formula quelques remarques judicieuses, et demanda :

— Et maintenant ? C'est très délicat ce qui reste à faire... Où vas-tu trouver l'oiseau rare ?

Ils égrenèrent quelques noms de dialoguistes connus sans s'arrêter sur aucun.

— Il me faut une oreille russe, dit Igor, une oreille russe.

Il était chez lui en train de lire un « profil » de Marine, celui de Joseph Kessel, lorsque soudain il dit : « J'ai trouvé ! »

— Tu as trouvé quoi ?

— C'est toi qui vas écrire mes dialogues. Tu as le sens du dialogue, c'est éclatant.

— Mais je n'ai pas l'oreille russe !

— Non, mais tu sais ce que je veux.

— Ecoute, dit Marine, ce n'est pas sérieux. Deux débutants pour un seul film ! Deutschmeister va en avoir une attaque.

— Inutile de lui en parler. Tu es prête à travailler sans contrat ? Eventuellement pour rien si tu échoues ?

— Evidemment. Ce n'est pas la question.

— Alors, qu'est-ce que c'est, la question ?

— C'est que je ne suis pas dialoguiste, s'écria Marine, ce n'est pas mon métier. Je sais faire mon métier.

Deux et deux font trois

Mais Marine a-t-elle jamais refusé quelque chose à Igor ? Bravement, armée de sa petite machine à écrire portative, entre deux « profils », elle s'est jetée à l'eau. Ce fut un travail d'enfer. Il s'agissait moins de créer que de couper, de raccorder, d'inventer des transitions, de faire parler des personnages épisodiques... Igor la tuait.

Le soir où elle eut terminé, il l'emmena dîner dans un grand restaurant. Il était plein, on leur refusa une table, mais un maître d'hôtel s'approcha et dit : « Madame Marine Aubier, n'est-ce pas ? On va vous trouver quelque chose, madame. »

Dans un an, on dira « monsieur Igor Volodine ? On va vous trouver quelque chose, monsieur », plaisanta Igor. Mais il n'avait pas vraiment envie de rire.

Il y eut un grand silence entre eux tandis qu'ils prenaient place et passaient commande. Et puis Marine demanda :

— Tu as vraiment envie d'être célèbre ?

— Tu n'es pas célèbre. Tu es connue.

— Ne parlons pas de moi. Tu as envie que ton nom soit connu ? Qu'on te demande des autographes et ce que tu penses du rôle du cinéma dans la civilisation occidentale ?

— Oui. Non. J'ai envie de faire... comment dire ? Une œuvre, voilà, une œuvre.

— Tu sais qu'un premier film **peut** être raté.

— Je sais. Mais je ne le raterai pas.

— Mais si ça arrive...

— Je m'engage dans la Légion étrangère.

— Ne dis pas de bêtises, Igor...

— Je suis sérieux.

— Et moi, qu'est-ce que je deviens ?

— Tu pleures et tu te consoles avec un bon Français raisonnable, travaillant dans l'import-export.

— On ne peut pas parler sérieusement avec toi.

— Non. Cela fait partie de mon charme, ma colombe. Cessons de dire des sottises et dégustons ce château pétrus qui mérite le silence à la santé de *La Cerisaie*.

Deutschmeister fut épaté.

— C'est du bon travail, dit le gros homme. Il n'a pas inventé grand-chose mais c'est du bon travail.

— « Elle » n'a pas inventé grand-chose. C'est Marine Aubier qui a mis au point ce texte.

— La journaliste ? Tiens, je n'y aurais pas pensé.

— C'est ma femme.

— Vraiment ? Vous êtes le mari de Marine Aubier ? Compliments.

— C'est Marine Aubier qui est ma femme, monsieur. Vous pourrez lui en faire compliment.

— Alors, je n'ai pas besoin de la payer ?

— J'attendais cela !

— Je plaisante. Envoyez-la-moi, nous en parlerons ensemble.

— On tourne quand ?

— Il faut mettre le film en préparation, constituer votre équipe, faire votre distribution qui est délicate... Disons dans six mois. Mais je vais l'annoncer dès cette semaine dans *Le Film français*. Eh bien, vous êtes content ? Il a été gentil avec vous le vieux Deutschmeister, oui ou non ?

La préparation d'un film n'avait pas de secret pour Igor. Il en avait une solide expérience. Il la mena vivement, s'assura des meilleurs techniciens, Trauner pour les décors, Christian Matras pour les lumières, choisit ses interprètes avec intransigeance et discernement, faillit reculer les prises de vues de six mois parce qu'il voulait une comédienne et pas une autre pour le rôle principal, si lourd... Un moment, il songea à engager une Russe mais le pari était trop risqué... Deutschmeister voulait Anna-bella. Igor hurla, et obtint gain de cause. Pas de vedette. Rien que de grands acteurs capables d'habiter le texte magique...

Deux et deux font trois

Une fois sur le plateau, il montra l'autorité d'un vieux briscard, sachant très précisément ce qu'il voulait et l'obtenant ; huit semaines de tournage avaient été prévues, il s'en tint strictement à son plan de travail. Bref, tout allait pour le mieux lorsqu'il faillit être troublé par une rencontre imprévue. Un groupe de cinéastes argentins se trouvait à Paris et devait visiter les studios de Billancourt. On lui demanda s'ils pouvaient assister à une prise de vues. Il tournait ce jour-là des scènes de raccord. Il accepta.

Ils étaient massés derrière les projecteurs, loin de son regard. Soudain, il y eut un bruit, il se retourna et, à sa stupeur, aperçut Ina. La crinière rousse d'Ina. Leurs regards se croisèrent. Il fut pris d'un tremblement incoercible.

— Qu'est-ce qui se passe ? demanda Matras intrigué. Vous n'êtes pas bien ?

— Ce n'est rien. Un malaise... Faites évacuer le plateau s'il vous plaît.

L'ordre claqua dans le silence. Les Argentins déguerpirent.

Deux et deux font trois

Le soir, tandis qu'il dînait chez lui avec Marine, il lui raconta la scène, l'incroyable apparition... En fait, il n'avait jamais parlé d'Ina à Marine. Elle savait seulement qu'une femme jalouse l'avait dénoncée, rien de plus. Ce soir-là, assailli par des souvenirs affreux qu'il ne parvenait pas à refouler, il parla. Il se débonda. Il lâcha tout. Le marché noir, le major T., les cheveux tailladés, et le reste... Marine écoutait, silencieuse, se disant qu'en somme, elle ne connaissait pas Igor, sa face noire... Mais connaît-on jamais la face noire de quelqu'un avant de s'y être cogné ?

Elle demanda seulement ce que faisait cette femme aux studios de Billancourt. Igor expliqua qu'elle avait épousé, à la Libération, un officier américain qui l'avait ainsi sauvée, qu'elle vivait maintenant à l'abri en Argentine et qu'elle était venue en France avec une délégation de cinéastes argentins.

Deux et deux font trois

— Maintenant, dit-il, elle ne risque plus rien mais tout de même, quelle audace... Cela lui ressemble...

— Tu vas la revoir ?

— Je la tuerais...

Ils parlèrent de longues heures des jours passés, des heures de bonheur et d'angoisse partagées, de ce temps où tout était simple en un sens, on savait pourquoi on se battait, et maintenant, ô dérision, on se battait pour un film... Qu'étaient-ils devenus ?

C'est Marine qui se reprit la première.

— Ecoute, dit-elle, on ne va pas jouer les anciens combattants. Ce qui a été a été. Aujourd'hui, nous sommes des gens quelconques, qui doivent vivre avec leurs passions d'aujourd'hui, leurs ambitions d'aujourd'hui... Je t'accorde qu'elles ne sont pas héroïques, mais qu'est-ce que tu proposes d'autre ? Si tu réussis ton film, c'est que tu es un artiste. Ce n'est pas nul d'être un artiste. C'est une fonction importante dans la société...

— Et toi ?

— Moi ? Marine rit. Moi je suis la

femme de l'artiste. Et je vais avoir un enfant, ce n'est pas beau, cela ?

Après cette rude journée, le futur père n'était pas dans le meilleur état possible pour recevoir pareille nouvelle. Mais il l'accueillit avec des grognements de joie et s'en fut sur-le-champ ouvrir une bouteille de champagne que l'événement imposait.

Si bien que la soirée s'acheva mieux qu'elle n'avait commencé.

Sélectionné pour le Festival de Cannes, *La Cerisaie* n'y fut pas récompensé, mais le film reçut un excellent accueil. Même les grincheux durent convenir que ce jeune réalisateur avait de la patte, qu'il avait su adapter Tchekhov sans le trahir, préserver toute sa grâce, diriger des interprètes inattendus. La presse fut, dans l'ensemble, favorable, le public nombreux. En somme, c'était un succès. Deutschmeister se déclara prêt à renouveler l'expérience avec Igor à condition qu'il lui apporte un bon sujet. De quoi être grisé.

Ce fut le moment où Marine eut un grave accroc de santé. Il devint évident que si elle voulait garder son bébé, il lui fallait rester allongée jusqu'à ce qu'il soit fini, bien ourlé. Suspendre son travail fut une épreuve. Passer ses journées à attendre Igor en tricotant des brassières, en fut une autre. Heureusement, Natacha passait la voir de temps en temps, la faisait rire en lui débitant la chronique du journal. Mais si tendre que fût Igor, elle le sentait impatient d'en avoir terminé avec cette épouse souffrante.

Quand il l'accompagna à la clinique pour sa délivrance, il était dans un tel état d'agitation fébrile que le médecin menaça de l'expulser.

— Je veux voir naître mon fils, criait-il, vous n'avez pas le droit de m'en empêcher !

— Et si c'est une fille ? dit Marine entre deux douleurs.

— Tu ne peux pas me faire ça. Ce sera un fils et il s'appellera Louis.

Ce fut une fille, que l'on appela Louise, et Marine n'en finit jamais de se sentir coupable jusqu'au jour où, trois ans plus tard, elle eut un garçon.

Deux et deux font trois

Mais alors, les choses avaient bien changé...

C'est Natacha qui, la première, l'avait alertée. On voyait beaucoup Igor, dans Paris, en compagnie d'une jeune actrice en vogue, Julie Bach.

— Je sais, dit Marine.

— Tu sais quoi ?

— Et toi ?

Elle refusa d'en parler davantage. Mais quelques jours plus tard, une photo où l'on voyait Igor tenant par les épaules Julie Bach lui perça le cœur. Rien de plus normal, cependant.

Il préparait un nouveau film, une comédie noire, avec un nouveau producteur, et Julie Bach devait en être l'interprète. L'anormal était qu'il ne parlait jamais d'elle.

Elle décida d'y voir clair.

Un soir où ils rentraient d'une projection privée, elle but une vodka pour se donner du courage et, lorsqu'ils furent couchés, demanda de sa petite voix douce :

— Julie Bach, tu l'as engagée ?

— Oui.

— Tu as une aventure avec elle ?

Il hésita une fraction de seconde.

— Oui.

— Merci de me le dire. Si cela m'arrive, je te le dirai aussi.

Et elle éteignit la lampe de chevet.

D'abord, il resta coi. Puis il voulut la prendre dans ses bras, mais elle se dégagea. Il ralluma :

— Tu es folle, Marine, tu es complète-ment folle... Je tiens à toi plus qu'à tout au monde. Tu es ma femme, ma femme, tu entends. Le reste fait partie de l'inévitable dans la vie d'un metteur en scène, je dirais presque de la routine. Tu ne peux pas comprendre cela ?

— Mais je comprends. Je comprends très bien. Qu'est-ce que tu veux ? Que je te félicite ? Laisse-moi, Igor, j'ai une rude journée demain, j'ai besoin de dormir.

Il ne fut plus question de Julie Bach

entre eux. Marine rencontra la jeune actrice pendant les prises de vues du film, elle fut parfaite, l'autre un peu gênée mais fanfaronnante, Igor s'éclipsant. Simplement, Marine avait subtilement changé.

Elle avait beaucoup réfléchi au sens qu'il fallait donner à l'infidélité d'Igor. Une passade, sans doute, ce n'était pas la question. Quelque chose d'intime s'était brisé en elle. La nature même de sa relation avec Igor. Ces longues années de connivence absolue, ce don de soi qu'elle lui avait fait sans réserve, cette confiance...

Pas de quoi en faire un drame ? Non. Assurément. Mais de quoi apprendre à vivre autrement, ou accepter de s'étioler dans l'ombre d'un Igor caracolant. Elle avait pris l'immense décision de ne pas s'étioler.

Son métier lui donnait des motifs d'épanouissement. Elle s'y remit furieusement, multiplia les grands reportages, voyagea. Ses dialogues de *La Cerisaie* avaient incité Deutschmeister à lui en confier d'autres à ravauder ; elle se jeta dessus avec gourmandise et réussit pleinement.

Elle travaillait douze heures par jour, consacrant ses matinées à sa fille, dont une femme sûre, Miss Anna, prenait soin. Souvent elle ne rentrait pas dîner et prévenait seulement Igor de ne pas l'attendre sans donner d'explication. De son côté, il en faisait autant, sans dissimuler son agacement. Où était la petite Marine, la douce petite Marine à sa dévotion ?

Même physiquement, elle avait changé. Elle était devenue plus jolie et plus dure à la fois, soignant son apparence dans des vêtements bien coupés qu'autrefois elle négligeait, se tenant droite, riant beaucoup et facilement.

Natacha l'observait, éberluée.

— Tu as un amant, ce n'est pas possible, dis-moi si tu as un amant ?

— Non, disait Marine. Pas encore. Mais je te préviendrai, je te le promets.

L'amant, c'était le hic. Les candidats n'auraient pas manqué. Mais de ce côté-là, elle était fidèle à Igor jusqu'à la plus intime fibre de son être. L'idée de se retrouver dans les bras d'un autre, contre quelque poitrine velue, lui faisait horreur. Ce n'est pas la vertu qui la retenait, c'est l'inappétence.

Ainsi passèrent des mois pendant lesquels Igor et Marine se croisèrent plus qu'ils ne se virent. Il ne la touchait plus depuis qu'elle l'avait repoussé.

— Tu veux divorcer ? demanda un jour Igor.

— Moi ? Pas du tout. Pour quoi faire ?

Lui aussi avait changé. Il venait de terminer son deuxième film, *Noir comme la nuit*, et cette fois il s'était égaré dans une histoire peu faite pour lui. Ce n'était pas mauvais, c'était pire : prétentieux, d'un romantisme boursouflé. La critique fut sévère pour le jeune réalisateur qui ne tenait pas ses promesses. Du coup, Julie Bach avait rompu. Maintenant, il fallait qu'il donne un fameux coup de talon pour remonter à la surface, dans le peloton des premiers. Et une fois de plus, il cherchait un sujet.

Deux et deux font trois

Un soir où, par hasard, ils dînaient ensemble, il laissa voir son désarroi.

— Si je me plante encore une fois, je suis foutu, dit-il. Il ne me restera plus...

— Qu'à t'engager dans la Légion étrangère, je sais, dit Marine en riant. Mais comme tu n'iras pas, il vaudrait mieux trouver autre chose.

— Comme tu es devenue cruelle, Marine.

— Pas du tout ! Simplement, tu ne m'impressionnes plus. Ça ne m'empêche pas de t'aimer. Au contraire. Je t'aime de plus en plus depuis que je te vois défait... C'est la première fois. Reprends-toi, Igor. Il y a tant de forces en toi...

— Tu me les as enlevées. Tu étais mon porte-bonheur, ma source d'eau vive...

— Je suis toujours là...

— Si j'en étais sûr...

C'est ce soir-là qu'Igor et Marine firent ensemble un garçon.

Cette fois tout se passa pour le mieux. Le bébé neuf, qui avait les yeux fendus d'Igor, fut accueilli comme un prince héritier. La mère d'Igor vint tout spécialement pour saluer sa naissance et apporta à Marine un saphir, ultime vestige de fastes anciens, pour la remercier de lui avoir donné un petit-fils. Les amis retrouvèrent le chemin de la maison dont la tension entre Igor et Marine les avait un temps écartés. On fit une fête pour célébrer le premier sourire de Louis. Igor était aux anges. Sûr de sa chance retrouvée, il avait joué gros au poker avec des professionnels. Le champagne ruisselait, le caviar aussi...

Deux et deux font trois

Igor voulut en mettre quelques grains dans la bouche de Louis, ce qui fit hurler Miss Anna... « C'est pour le baptiser », plaida Igor. Il fallut lui arracher le bébé des mains avant qu'il ne l'étouffe.

Passé les réjouissances, la vie quotidienne reprit son cours mais rien n'était plus comme avant. Igor avait trouvé un autre sujet — une histoire de Maupassant — mais aucun producteur ne l'avait accepté. Le dernier en date lui avait dit : « Maupassant, qui est-ce ? » Et il s'assombrissait un peu plus chaque jour.

Marine avait repris son rythme intense, s'arrangeant seulement pour être toujours présente, le soir, à l'heure du bain des enfants. Quand elle annonça qu'elle partait en reportage en Indochine, Igor s'insurgea.

— Tu ne peux pas faire ça !

— Ah bon ! Et pourquoi ?

— D'abord c'est dangereux. Tu n'as pas le droit.

L'argument la fit rire. C'était bien une idée d'homme. Depuis quand avait-elle peur du danger ?

— D'ailleurs, dit Igor, tu travailles trop. Ça n'a aucun sens, pour une mère de famille.

Marine commença à se cabrer.

— Je ne me mêle pas de ta vie professionnelle, ne te mêle pas de la mienne, veux-tu ?

Quelquefois, elle se disait : « Que deviendrais-je sans Miss Anna ? » Mais justement, elle était là, solide et bonne, encourageant Marine au lieu de la culpabiliser.

— Moi, si j'en avais été capable, j'aurais voulu faire votre métier... Mais je n'avais pas d'instruction.

Ce soir-là, Igor, froissé, se retrancha dans le silence, puis déclara qu'il sortait.

— Mais nous dînons chez les B., dit Marine. Tu as oublié ?

— Je me fous des B. Tu leur diras que je suis en Indochine.

Et il claqua la porte.

Deux et deux font trois

Ce ne fut que le premier d'une série d'accrochages où leur mariage sombrait.

Marine fut absente dix jours pendant lesquels Igor renoua avec Julie Bach sans même en avoir envie. C'est de Marine qu'il avait envie, Marine qu'il ne savait plus comment ressaisir...

Elle était arrivée à Saigon, résolue à voir la zone des combats.

— Vous ne verrez rien, lui dirent les vieux briscards de la presse qui « couvraient » la guerre. Tout le monde sait depuis Stendhal qu'on ne voit jamais rien dans les zones de combat. Au mieux, on ne reçoit pas une balle perdue...

Mais elle voulait voir les combattants de ses yeux, en interroger quelques-uns, faire son métier en somme. Elle le fit et découvrit des hommes las devant un ennemi insaisissable.

Pour le reste, elle comprit très vite que tout se passait au bar de l'hôtel Continental où se tenaient les journalistes. Là affluaient toutes les informations. Elle y fut reçue sur le mode goguenard — comme il sied avec une femme — jusqu'à ce que son charme agisse. Lucien Bodard la prit sous son aile. Elle voulait voir Cogny, le général en chef, elle le vit. Elle voulait voir Salan, elle le vit. Ils lui avaient parlé « off record », mais en lui donnant matière à ce qu'elle cherchait : la vue du haut commandement sur l'état des opérations. « On ne va pas continuer à saucissonner du petit Viet, lui dit Salan. Ça n'a aucun sens. »

Il accepta d'être cité.

Quand elle reprit l'avion pour Paris, elle avait de quoi écrire. H.M. lui en fit compliment. Elle avait bien travaillé.

Mais quand elle voulut raconter à Igor ce qu'elle avait vu, il l'accueillit par des sarcasmes. Elle les reçut humblement.

« C'est ma faute, pensa-t-elle. C'est moi qui ai changé. Lui est toujours le même, hâbleur, joueur, frimeur... Mais il est en train de devenir un raté, et ça, je ne le supporte pas... »

Deux et deux font trois

A Natacha, sa seule amie, elle confiait :

— Je n'aimerai plus jamais personne comme je l'ai aimé. C'était ma lumière, mon étoile... mon héros. Quand je le vois maintenant grenouiller dans le cinéma, ça me fend le cœur.

— Divorce !

— Jamais. Il me prendrait Louis. Il en est fou.

— Alors fais un effort, petite, ne fais pas de provoc... Tu n'étais pas obligée d'aller en Indochine.

— Tu me vois refusant ce reportage à H.M. en lui disant : « Mon mari ne veut pas » ? Non, j'ai choisi ma vie, je m'y tiendrai.

Elle s'y tint.

Le climat se détendit, néanmoins, entre eux lorsque, après des mois de démarches vaines, Igor réussit à intéresser un producteur à son projet. C'était un personnage pittoresque et entreprenant, qui n'avait pas d'argent mais savait où en trouver.

— Vous ne voulez pas tourner plutôt *Les Nuits de Saint-Pétersbourg*, dit-il à

Igor. C'est pour vous, ça, plutôt que ce
« Maupassant »...

— Non, dit Igor. Sans façon.

Il soupira.

— Va pour « Maupassant ». Tout le
monde me dit que vous êtes une fausse
valeur, mais j'ai confiance en vous...

Contrat signé, Igor cessa de traîner, pas
rasé, à la maison, et de fréquenter les
cercles de jeu. Il mit un *la* sur la vodka, se
reprit enfin.

L'affaire n'était pas simple. Film en cos-
tumes, gros budget, jeune producteur
enthousiaste mais inexpérimenté. Marine
tremblait.

Enfin, après des jours et des jours
d'âpres discussions, le scénario, établi par
une valeur sûre, Charles Spaak, fut au
point. La préparation du film était achevée,
la distribution bouclée avec Jouvet dans le
rôle-titre, les prises de vues largement
entamées quand le producteur se présenta
un matin, les yeux rouges, en disant : « On
va être obligés d'arrêter. Les distributeurs
m'ont laissé tomber... Je n'ai pas d'argent

pour payer le studio et les techniciens à la fin de la semaine. »

Mais les vautours veillaient. En ce temps-là, il y avait toujours, dans le cinéma, des hommes avisés qui reprenaient les films en difficulté et finançaient leur bonne fin dans des conditions usuraires. Il y en eut un pour reprendre « Maupassant ».

Le deuxième incident fut plus grave : pour suivre une prise de vues, Igor était monté sur une grue. Celle-ci bascula. Igor s'écrasa par terre et se brisa une hanche outre quelques côtes.

Un voile tomba sur ses yeux.

Pendant des jours et des jours, il ne fut plus qu'un gibier de clinique, souffrant l'enfer. Marine avait tout abandonné pour le veiller jour et nuit. Dans son demi-délire, il l'appelait et elle répondait : « Je suis là Igor, je t'aime, je t'aime mon amour... On va te réparer, je te promets... »

Et, de perfusion en extension, d'opération en martyres divers, on le répara en effet, à peu près.

Quand il eut repris conscience de lui-même, il fallut cependant lui dire la vérité : les prises de vues de « Maupassant » avaient continué. Le film étant, selon l'usage, assuré, un autre réalisateur avait été imposé par le vautour, pour prendre la suite.

Il eut un pauvre sourire et feignit de s'endormir.

Plus tard, il demanda :

— Je ne marcherai plus jamais ?

— Si. Tu marcheras avec deux cannes.

— Deux cannes ? C'est très chic, la canne !

Et son rire se transforma en sanglot.

Plus tard encore, il fut en état de recevoir des visiteurs et il écarta fermement tous les signes de compassion. « Attendez un peu, disait-il, et vous verrez de quoi un homme monté sur deux cannes anglaises est capable... Le génie, on ne l'a pas dans les jambes ! »

Deux et deux font trois

Et Marine l'aima pour cette phrase. C'était l'Igor d'autrefois qui la prononçait, l'Igor flamboyant, celui qui faisait du charme, maintenant, aux infirmières attendries par son regard bleu.

Enfin il put rentrer chez lui, prévenu qu'il faudrait procéder à une nouvelle petite intervention plus tard. Marine était venue le chercher à la clinique. Elle le regarda, le cœur serré, avancer sur ses cannes puis tomber, épuisé dans un fauteuil.

« Maintenant, se dit-elle, j'ai trois enfants. »

Les premiers mois furent difficiles. Le contrat d'Igor n'avait pas été honoré. L'assurance qui aurait dû le couvrir chipotait. Ils vivaient du salaire de Marine. Elle pensa, le cœur fendu, à se séparer de

Miss Anna mais celle-ci refusa énergiquement.

— Vous me paierez quand vous pourrez, dit-elle, mais moi je n'abandonne pas mes enfants.

Ce gros souci évacué, il lui resta à organiser sa vie de travail. Eliminer les reportages — mais H.M. fut compréhensif —, trouver des idées d'articles réalisables à Paris, accepter de ravauder des dialogues boiteux pour Deutschmeister, prendre une chronique dans un hebdomadaire...

Tout cela représentait beaucoup de travail mais elle pouvait le faire chez elle et veiller sur Igor.

Elle était obsédée par la crainte qu'il ne se suicide. Non qu'il en parlât, au contraire. Il était relativement gai, tendre, passant des heures à jouer avec les enfants. Il disait à Marine : « Tu es bonne avec moi... » Elle disait : « Je ne suis pas bonne, je t'aime. » Et le fait est que devant cet homme cassé, courageux dans son épreuve, elle avait à nouveau choisi sa vie.

Deux et deux font trois

Il s'était peu à peu habitué à marcher avec ses cannes, sans encore oser sortir, lorsque son producteur réapparut, guilleret. Il venait lui proposer de voir un premier montage de « Maupassant ». Igor faillit s'en étrangler. « Pourquoi ? dit le producteur. Les trois quarts du film vous appartiennent, vous verrez ce que vous avez fait, c'est très bon ! »

Ce fut la première sortie d'Igor. Il n'y avait que quelques personnes dans la salle de projection mais quand la lumière se ralluma elles applaudirent.

Igor, muet, pétrifié, se leva et partit sans un mot, traînant son grand corps disloqué.

C'est une fois rentré qu'il éclata.

— C'est une merde, ce film, une merde...

— Non, dit Marine, c'est bon, je t'assure...

— Ç'aurait été bon ! Mais ce con a tout gâché. En tout cas, je ne veux pas que mon nom figure au générique. Marine, est-ce

127

que je suis condamné à l'échec ? Est-ce que je ne pourrai plus jamais montrer ce que je suis capable de faire avec une caméra ? Est-ce que tu vas passer ta vie avec un mort vivant ?

Elle essayait en vain de l'apaiser. Il grondait de désespoir. Elle réussit à lui administrer un calmant.

— Donne-m'en vingt, dit-il, et que j'en finisse de cette vie de loque.

— Non, dit Marine. Si je pensais que tu es une loque, je le ferais... Mais je pense que tu es un homme fort qui est momentanément frappé par l'adversité. La vie est devant toi, Igor, fais-moi confiance... Je ne t'ai jamais menti.

En vérité, elle avait conçu un projet fou. Persuader Deutschmeister de confier à Igor la réalisation d'un nouveau film.

Le gros homme crut tomber de son fauteuil.

— Mais il est infirme votre mari, ma

petite fille, que voulez-vous que je fasse d'un infirme ?

— Il n'est pas infirme. Il marche avec des cannes. D'ailleurs, on peut diriger un film sur un fauteuil roulant !

— Vous êtes folle, complètement folle !

Dix fois, elle revint à la charge. « Maupassant » était sorti, accueilli avec faveur et elle disait à Deutschmeister :

— Vous voyez bien qu'il a du talent... Tout ce qui est bon dans le film est de lui. Après tout, c'est vous qui l'avez découvert ! Vous devriez en être fier...

— Et c'est lui qui m'a été infidèle pour aller tourner cette connerie avec Julie Bach. S'il m'avait écouté...

— Il a payé.

— Vous avez une vision chrétienne des choses. On ne paie pas pour ses fautes. Dans mon métier, on paie pour les fautes des autres...

Mais elle ne se lassait pas. Tous les jours,

elle passait le voir, se glissait dans son bureau et demandait : « Alors, vous avez réfléchi ? »

Un jour il explosa.

— Il y a vingt producteurs à Paris. Pourquoi faut-il que vous me persécutiez, moi ?

— Parce que vous, vous êtes bon, murmura Marine avec un sourire angélique. Vous, vous êtes capable de compassion.

On n'en avait jamais tant dit à Deutsch-meister.

— Depuis le temps que je travaille pour vous, je vous connais, poursuivit Marine. Les autres sont des chiens.

— Admettons. Admettons que je cède à vos arguments. Il faut un sujet...

— J'en trouverai. Dites-moi oui sur le principe et j'en trouverai.

— Oui ? Non. Je vous dis peut-être.

Elle emporta ce peut-être comme un viatique pour la longue route qui lui restait à courir.

Deux et deux font trois

Igor, de son côté, allait mieux. Après une nouvelle intervention qui l'avait retenu en clinique quelques jours, il s'était habitué à ses cannes et n'hésitait plus à sortir en prenant des taxis. Mais sortir pour aller où ? Qu'un homme est donc bête quand il n'a pas un bureau, une usine, un lieu qui encadre son temps !

Il avait décidé de gagner sa vie, mais comment ?

— A part le cinéma et la guerre, je ne sais rien faire, dit-il à Marine. Tu crois qu'on me prendrait comme gardien de musée ?

— Tu parles quatre langues, c'est de cela que tu dois te servir. Interprète, traducteur, c'est ce domaine-là qu'il faut explorer si tu veux vraiment travailler.

— Je veux. Sinon je vais crever d'ennui et de honte.

L'exploration fut féconde. Marine avait fait jouer toutes ses relations, H.M. l'avait soutenue dans ses démarches. Après un essai, Gallimard confia à Igor la traduction

131

d'un livre allemand, les Affaires étrangères, qui cherchaient un bon interprète pour le russe, commencèrent à l'utiliser. Ce n'était pas la fortune mais, psychologiquement, il reprit confiance en lui.

De son côté, elle ne lui avait pas soufflé un mot de ses conversations avec Deutschmeister et cherchait toujours un sujet.

Elle consulta Clouzot, dont Igor avait été l'assistant.

— Ma chère petite, dit-il, en tirant sur sa pipe, si j'avais un bon sujet je le garderais pour moi... D'ailleurs, qu'est-ce que vous voulez en faire ?

— Le faire tourner par Igor.

Il la regarda, incrédule. Puis, laissa tomber :

— Igor ne tournera plus jamais.

Marc Allégret suggéra *Les Petites Cardinal* qu'il avait essayé en vain de monter.

— Ce n'est pas un sujet pour Igor, dit Marine.

— Pour Igor ? Vous voulez faire tourner Igor ? Mais c'est de la folie !

— Pourquoi ? On ne met pas en scène avec ses jambes !

Charles Spaak, affectueux et placide, qui avait aimé travailler avec Igor sur « Maupassant », se montra prêt à coopérer. Mais il n'avait pas de sujet en tiroir.

Elle lisait un roman policier par jour, la mine où chacun puisait. En vain.

Arriva le soir où, après une journée de travail, Igor lui dit :

— Dommage que je sois cassé. Ce roman allemand que je traduis, c'est un sujet formidable...

— Comment s'appelle-t-il ?

— Il n'a pas encore de titre. Le titre allemand c'est, à peu près, *La Lumière d'en face*... mais je suppose que l'éditeur trouvera autre chose...

— Donne-le-moi.

— Je n'en ai encore que cent cinquante pages...

— Tu auras fini quand ?

— Dans trois ou quatre mois...

Martine demanda discrètement chez Gallimard si les droits cinématographiques

133

de *La Lumière d'en face* étaient libres. Ils l'étaient. Elle obtint une option de six mois qu'elle paya en mettant au clou la bague au saphir, et attendit impatiemment qu'Igor ait achevé son travail.

Enfin elle put lire *La Lumière d'en face*. C'était un sujet superbe. En bref, l'histoire d'un homme, meurtri dans sa chair et dans son esprit par la guerre, qui retrouve, grâce à une femme, le bonheur de vivre et d'aimer.

— Tu trouves ça comment ? demanda Igor.

— Très bon. Et bien écrit. Tu as bien travaillé.

Elle brûlait d'en dire davantage mais contint son impatience.

Armée de ces trois cents pages, Marine bondit chez Deutschmeister.

— J'ai un sujet, dit-elle, triomphante. Le voilà.

— Qu'est-ce que c'est ?

— La traduction d'un roman allemand.

Il feuilleta le manuscrit avec méfiance.

Deux et deux font trois

— Et vous voulez que je lise trois cents pages ?

— J'en ai fait un condensé pour vous. S'il vous plaît, vous pourrez lire le livre après.

Le gros homme prit le condensé. Comme avec des pincettes.

— Un roman... Il faudrait d'abord savoir si les droits sont libres.

— Ils le sont. J'ai une option. Et j'ai l'accord de Spaak pour l'adaptation.

Il la regarda, sidéré.

— Vous êtes une drôle de petite personne, Marine Aubier. Une drôle de petite personne...

— Non, dit Marine. Je suis seulement très entêtée.

— Je vois.

Il promit de lire rapidement le condensé.

Quand Marine revint, le surlendemain, c'est avec le sentiment de jouer sa vie. Que le vieux Deutsch refuse *La Lumière d'en face* et tout espoir de ressusciter Igor était perdu.

Mais en la voyant il grommela :

— Vous avez du nez... C'est une bonne histoire...

— Vous savez ce que vous m'avez promis ?

— Je n'ai rien promis du tout. J'ai dit : « peut-être... »

— Eh bien, c'est le moment de dire oui.

— Vous vous rendez compte de ce que vous me demandez ?

— Je me rends compte.

— Miser sur un infirme... Convaincre une équipe de travailler avec lui... C'est de la folie !

— Oui. Mais quelle fierté si vous réussissez !

— Une fierté qui peut me ruiner...

— Ou vous rapporter gros. Vous imaginez la sensation que vous allez créer en confiant une mise en scène à Igor ? Tout le monde voudra voir le résultat !

— Tout le monde, c'est deux mille personnes à Paris...

— Allons, Deutsch, ne vous faites pas peur. Ne boudez pas. Dites-moi que votre décision est prise, et allons-y...

Deux et deux font trois

Le gros homme soupira.

— Bon. Allons-y. Je téléphone à Spaak cet après-midi...

Elle le quitta dans un état d'exaltation intense, comme un guerrier vainqueur.

Ce jour-là, Igor avait servi d'interprète entre une personnalité soviétique et son homologue français. Il était fatigué. Marine le trouva allongé dans le noir.

— Viens, dit-il, viens près de moi... J'ai besoin de ta force. Je suis épuisé ce soir...

— J'ai une nouvelle pour toi, Igor, une grande nouvelle... Deutschmeister va te confier la réalisation de *La Lumière d'en face*...

— Quoi ! Qu'est-ce que c'est que cette histoire ?

Alors, elle lui raconta tout. Comment elle avait persuadé Deutsch, comment elle avait pris option sur les droits du roman allemand, comment Spaak avait donné son accord de principe pour l'adaptation.

Deux et deux font trois

Igor avait toujours eu une haute idée de Marine, de son courage, de son intelligence, de son talent... S'il était parfois agacé de la voir marcher plus vite que lui sur la route du succès, c'était une réaction purement épidermique. Il la jugeait meilleure que lui, plus droite, et pendant ces longs mois où ils s'étaient déchirés, il ne lui attribuait pas tous les torts... même si elle en avait eu quelques-uns...

Mais cette fois, il resta interloqué. Tant de persévérance, tant de ruse, tant d'efforts et tout cela pour l'amour de lui... S'il avait su pleurer, il aurait pleuré.

Et puis sa joie explosa, tonitruante. Il voulut la faire partager à tout le monde, aux enfants, à Miss Anna, il criait :

— Je vais faire un film, l'infirme va faire un film. Où est le champagne ? Je veux du champagne !

Il n'était plus fatigué du tout. Seulement submergé de joie.

La nouvelle se répandit dans Paris comme une fusée... Deutsch a engagé Igor Volodine... Il est fou... Toute la terrasse du Fouquet's, haut lieu de la faune cinématographique, en bruissait.

Deutschmeister était tout sauf fou. Mais il entendait prendre le moins de risques possible. Il eut d'abord une conversation approfondie avec Igor.

Premier point, il lui fallait un assistant hors pair pour le seconder. Qui proposait-il ? Deuxième point, il lui fallait une équipe technique entièrement acquise à son entreprise et qui ne bouderait pas une situation un peu particulière. Deutsch cita quelques noms : Thirard comme chef-opérateur, ce serait parfait. Trois : il ne voulait pas d'inconnus comme interprètes. Le couple devait être prestigieux. Igor acquiesça. Il suggéra que Deutsch approche une nouvelle venue dont les débuts avaient été éclatants, Michèle Morgan. Pour l'homme, si l'on pouvait avoir Gabin...

— Je m'en occupe, dit Deutsch. Question de dates. Eventuellement, nous l'attendrons. Mais pour qu'il se décide, il faut qu'il ait confiance en vous... Ce ne sera pas le plus simple. Alors ? On dit merci au vieux Deutsch ?

— C'est vous qui me remercierez, répondit Igor, quand vous verrez le film.

— Toujours le même, hein, il n'y a que les jambes qui ont changé... En tout cas, vous pouvez dire merci à votre femme. Je n'ai jamais rencontré quelqu'un de pareil.

— Non. Elle est unique. Comme moi.

— Allez-vous-en ou je vous casse la figure avec vos cannes, mauvais garçon !

Ils se quittèrent bons amis.

Deux et deux font trois

L'élaboration du scénario prit cinq mois pendant lesquels Charles Spaak travailla avec Igor, la main dans la main. C'était un homme de bonne compagnie, aussi calme qu'Igor était nerveux. Quand la dernière version fut au point, approuvée par Deutsch, acceptée par Gabin, Igor se mit au découpage, avec son assistant.

Il voulait démarrer avec un « story board » laissant peu de place à l'improvisation, comme s'il avait besoin de se donner une assurance supplémentaire.

Marine le surveillait comme du lait sur le feu, consciente de cette fêlure par où s'échappait furtivement sa confiance en lui. En vérité, il avait peur, une fois sur le plateau, d'être handicapé. Alors elle imagina un subterfuge.

— Est-ce que tu me prendrais comme troisième assistante ? Ça m'amuserait tellement.

— Mais tu n'as pas le temps...

— Je peux libérer mes après-midi.

Deux et deux font trois

Il accepta naturellement et Deutsch fut heureux de cette décision.

— Il a besoin de vous, dit-il, il a besoin de vous tout le temps. Vous êtes sa source d'énergie. Quelquefois, il m'inquiète...

— Soyez tranquille. Dès qu'il commencera à tourner, nous le retrouverons tel qu'en lui-même... Ce sont les premiers jours qui seront durs... J'ai vu le tableau de travail. Il faut commencer par des scènes simples...

Ainsi fut fait.

Et le premier jour vint.

Quand Igor entra sur le plateau, marchant sur ses cannes, le silence se fit. Et puis, spontanément, des applaudissements jaillirent pour le saluer jusque sur les cintres où se tenaient les éclairagistes. S'il en fut ému, il n'en laissa rien voir et prit immédiatement la direction des opérations. Ceux qui tremblaient furent rassurés. Il n'avait pas perdu la main.

Deutsch redoutait le premier contact avec Gabin qui avait fait quelques difficultés pour accepter le rôle. Mais tout de suite, comme un bon cheval, le comédien sentit que la main qui le guidait était sûre. Indications précises, remarques toujours formulées avec grâce, Igor était de l'école Becker, pas de l'école Clouzot, on ne crie pas, on ne terrorise pas, on persuade. Ainsi savait-il tirer de ses interprètes le meilleur d'eux-mêmes, leur arracher ce plus qui fait la différence à l'écran entre le grand comédien et l'acteur honnête.

Ce n'était pas une vedette à caprices, Gabin. Un professionnel, toujours exact, sachant son texte, n'exigeant qu'un projecteur braqué sur ses yeux bleus dans les gros plans. Pour le reste, bourru, moqueur, appelant gentiment Igor « Jambes molles », pour le taquiner. Morgan, choquée, le reprenait.

— Ben quoi ! Il a les jambes molles, ce petit gars... Du moment que ce n'est pas les couilles, il n'y a pas à s'en faire...

Les premiers rushes furent satisfaisants. Igor avait la pleine possession de ses moyens. Il y eut bien quelques moments délicats, une scène de foule... C'est l'assistant qui la réalisa sur les indications d'Igor. Une scène en extérieur, sur une plage où il lui fut impossible de marcher mais un fauteuil roulant fit l'affaire... Les huit semaines de tournage se déroulèrent sans incident notable.

Il fallut seulement chasser les journalistes attirés comme des mouches par l'histoire de l'homme au corps humilié que le milieu cinématographique avait déclaré fini. L'un d'eux avait réussi à se glisser dans la salle de projection à l'heure des rushes. C'est Gabin qui le détecta et cria : « Dehors le scribouillard ! »

Marine, rassurée, ne venait plus que quelques heures par jour lorsque H.M. la convoqua.

— Il y a une insurrection en Algérie ; il faut aller voir ce qui se passe. Etes-vous prête à y aller ?

— Non, dit Marine. Non. Pas encore. Il me faut encore six mois.

— Six mois pour quoi faire ?

— Pour que le film d'Igor soit monté et pour qu'il sorte. Après, je serai libre.

Deux et deux font trois

— Et si c'est un échec ?

— Ce ne sera pas un échec. C'est impossible.

— Vous savez que vous êtes en train de gâcher votre carrière ? Ces articles que vous donnez ici et là ne sont pas bons.

— J'ai besoin d'argent.

— Je ne peux pas vous payer davantage.

— Je sais. Je n'ai rien demandé.

— Ecoutez, Marine, je ne veux pas vous perdre... Au contraire. Je vous donne six mois. Mais dans six mois, fini le journalisme alimentaire. Vous reprenez les grands reportages. C'est d'accord ?

— C'est d'accord. Merci.

Le montage de *La Lumière d'en face* n'offrit pas de difficultés particulières. Igor, assisté d'une monteuse, le faisait lui-même, assis devant sa table, à Billancourt. Il faillit seulement mettre le feu à un panier de pellicule en s'obstinant à fumer bien que ce fût strictement interdit.

Deux et deux font trois

La monteuse déclara qu'elle ne travaillerait pas plus longtemps avec un fou. Il promit de s'abstenir.

Quand Deutschmeister vit la première copie sans musique, sans bruitage, il resta assommé.

— Ou je n'y connais plus rien ou nous avons fait un sacrément bon film, mon garçon... dit-il.

— Oui, dit Igor. Ton avis, Marine ?

Elle pleurait, pelotonnée dans son fauteuil.

— Eh bien, c'est tout l'effet que ça te produit ?

— Ce n'est pas le film, c'est... C'est...

Elle était comme l'athlète qui a livré sa dernière foulée. Vidée...

— Maintenant, il nous faut une belle musique romantique, dit Deutsch.

— Ah non ! Je ne veux pas de sirop. Je veux une musique originale...

Les deux hommes se disputèrent un moment. Marine ne les écoutait pas, bercée par sa musique intérieure. Elle avait gagné son combat, maintenant elle en était sûre, le meilleur d'Igor était dans *La Lumière d'en face*, assagi, mûri, abouti.

La première du film eut lieu sur invitations, au Marivaux, devant une salle comble où la malveillance attendait de pouvoir éclater. Igor et Deutsch avaient refusé toutes les interviews préalables, toutes les photos, toutes les projections privées. Avisant Igor qui entrait, sur ses cannes, quelqu'un lança :

— Alors, on va enfin le voir ce chef-d'œuvre...

— Le mot n'est pas trop fort... dit Igor. A tout à l'heure...

Le mot était trop fort. *La Lumière d'en face* était plus simplement un excellent film français de facture classique superbement interprété et réalisé.

La salle, d'abord froide, se dégela progressivement, on l'entendit rire à regarder Carette, on la sentit bientôt captivée, emportée, comme roulée dans une vague chaude de plaisir... Quand la lumière revint, les applaudissements fusèrent. On réclama Igor, assis au balcon.

— Salue, chuchota Marine, salue.

— Je les emmerde, dit Igor.

Alors elle se leva, toute menue dans sa robe noire, saisit l'une des cannes d'Igor et l'agita au-dessus de sa tête comme un drapeau. Une ovation lui répondit.

C'était gagné.

Que faire d'un succès ? En faire un autre, c'était la devise de Deutschmeister. Mais cette émulsion fragile ne se répète pas à volonté.

Une fois les congratulations passées, quand il reprit contact avec Igor pour lui proposer de renouveler l'expérience, « à condition d'avoir un bon sujet, vous connaissez ma marotte, il faut un bon sujet », il tomba sur un homme heureux, certes, mais las...

— Pas tout de suite, disait-il, pas tout de suite. Je suis fatigué. Laissez-moi récupérer.

— Récupérez mon garçon, récupérez...

Rien ne nous presse... Simplement, n'allez pas gambader chez l'un de ceux qui vont vous faire des propositions mirifiques...

— Gambader me sied particulièrement, dit Igor.

— Pardon. Je voulais dire...

— J'ai compris : soyez fidèle au vieux Deutsch qui vous a ressuscité.

— Dites-le comme ça si vous voulez.

Plus grave fut la conversation d'Igor avec Marine une fois que le succès commercial du film fut avéré.

C'était la fin de la journée. Les enfants jouaient autour d'eux.

— Papa a eu le succès, hurlait Louis.

— Pas le succès, un succès, reprenait Louise, docte.

— Qu'est-ce que c'est un succès ? demanda Louis. Maman, qu'est-ce que c'est un succès ?

— C'est quelque chose d'agréable qui rend gentil, dit Marine.

— Je veux un succès, dit Louis.

— Tu en auras quand tu seras grand.

— Non, tout de suite !

Miss Anna intervint : « Allez les enfants, au bain... » Ils décampèrent en poussant des hurlements sauvages.

— Ils sont tuants ! dit Marine en riant. Ils ne te fatiguent pas trop, Igor ?

— Non. Ils ne me fatiguent jamais.

Elle ramassa ses cannes qu'il avait fait tomber.

— Dis-moi, Marine, qu'est-ce que nous allons devenir maintenant, toi et moi ?

— Je ne comprends pas.

— Tu comprends très bien. Avant mon accident, nous étions au point de rupture...

— Mais il y a eu ton accident.

— Oui, et tu as été mon infirmière, mon ange gardien, tu m'as ressuscité dans ma dignité d'homme en montant ce film. Mais toi, qu'es-tu devenue tout ce temps ? Ton métier, tes intérêts profonds, tes désirs, j'ai l'impression que tu as mis un couvercle dessus, non ?

— Disons que je ne leur ai pas donné la priorité, voilà tout.

— Le journal, raconte-moi... Tu as mis H.M. au courant ?

— Bien sûr. J'ai cessé de voyager, j'ai écrit un peu partout, des choses médiocres d'ailleurs, pour faire un peu d'argent...

— Ça, tu peux arrêter maintenant... Deutsch m'a bien payé. Arrête, fais-moi plaisir...

— Que te dire d'autre ? Je sors à peine la tête de l'eau.

— Mais de quoi as-tu envie ? D'un nouvel amour ? Je comprendrais...

— De reprendre le reportage. H.M. me le demande. Mais j'hésite encore à voyager, à te laisser seul...

— Alors, écoute-moi. Je te demande de ne pas hésiter. Je te demande de retrouver tes ailes. J'ai besoin que tu sois heureuse, Marine. Je ne veux pas être le poids à ton cou. Deux ans, ça suffit.

— Et si j'aime ce poids ?

— Menteuse ! Je te connais, beau masque.

Il lui donna une chiquenaude, se dressa sur ses cannes.

— J'ai faim. Allons dîner.

Il avait fait un effort surhumain pour

151

tenir ce discours mais il était maintenant comme délivré.

Igor n'était pas doué pour l'introspection. On l'eût étonné en lui disant qu'il n'en pouvait plus d'être reconnaissant à Marine, qu'il étouffait sous sa sollicitude, qu'il avait besoin, lui aussi, de retrouver sa liberté pour autant que son infirmité lui permettait d'être libre.

Deutsch, qui n'était pas sot, le comprit le premier et lui proposa de mettre une voiture et un chauffeur à sa disposition. C'était un premier pas vers l'indépendance.

Marine, de son côté, avait réintégré le journal. Elle y fit une rentrée brillante avec un « profil » d'Igor qui fut racheté par toute la presse étrangère sous des titres parfois extravagants : « Le vol de l'archange foudroyé », « La revanche de l'homme aux jambes molles » — le slogan de Gabin avait fait recette —, « L'amour plus fort que la mort », etc. Le profil était assorti d'une longue interview d'Igor sur son travail. Il n'en avait donné aucune autre. On se jeta dessus. La singularité de son histoire jointe au succès international du film avait fait de lui un gibier de presse. L'auteur allemand de *La Lumière d'en face* se déclara de surcroît entièrement satisfait de l'adaptation de son œuvre, par Charles Spaak. Un fait assez rare qui fut remarqué.

Quand H.M. revint à la charge pour que Marine parte en reportage en Algérie où la situation inquiétait le gouvernement Mendès France, elle accepta avec le sentiment du devoir accompli. Maintenant, elle avait le droit...

— Enfin, lui dit Natacha, enfin tu te décides à décoller de cet individu.

— Igor n'est pas un individu.

— Ah non ? Et qu'est-ce que c'est ?

— C'est un artiste. C'est fragile un artiste, ça a besoin de ménagements... Mais c'est fini. Il m'a rendu spontanément ma liberté, sans que j'aie à la réclamer... Je suis libre, Natacha, libre ! J'ai l'impression de renaître...

Elle prépara joyeusement son voyage, prit les contacts nécessaires, fit ses ultimes recommandations à Miss Anna qui gouvernait la maison, au chauffeur russe — hasard ou délicate attention de Deutsch — qui s'était entiché d'Igor, et partit le cœur en fête.

C'est à Alger qu'elle rencontra David.

— 3 —

Le bar de l'hôtel Saint-Georges était le QG de la presse qui, d'ailleurs, n'était pas nombreuse, pas encore. Marine glana quelques informations sur les dernières exactions des fellaghas et la féroce répression policière qui frappait à l'aveugle.

L'avocat qu'elle interrogea lui dit que quarante personnes avaient été arrêtées et maintenues vingt-quatre heures dans trois mètres carrés, et que quatorze autres étaient mortes après des incidents près de la frontière...

Paris avait décidé de fusionner les deux polices, celle d'Algérie et celle de la Métropole, mettant ainsi sous la dépendance du

ministre de l'Intérieur les hauts fonction-
naires de la police d'Alger. La décision
avait été mal acceptée.

La presse locale était déchaînée. Elle
appartenait pour sa plus grande part au
pouvoir colonial. Marine décida d'aller
voir son plus remarquable représentant, le
sénateur Borgeaud, grande gueule décidée
à broyer toutes les velléités réformatrices
du gouvernement.

Rentrée à Paris, elle fit de lui un portrait
ravageur où elle écrivit : « Le plus grave,
c'est qu'en Algérie, si on est persuadé
d'être en France, on est moins sûr que les
Algériens, eux, soient français. » Et elle
déroulait toute l'histoire des réformes
avortées depuis cent ans.

C'est David qui lui en avait fourni les
éléments et donné les contacts utiles en
ville pour achever son enquête sur les
colons. Et il lui avait ménagé une rencontre avec Ferhat Abbas.

David Rover était un journaliste anglais
nonchalant, qui connaissait l'Algérie comme sa poche pour y avoir vécu trois ans

avec son père, diplomate. « Si l'on pro-
clame l'Algérie française, dit-il à Marine, il
ne faut pas traiter les musulmans comme
des musulmans quand il s'agit de leurs
droits et comme des Français quand il
s'agit de leurs devoirs. D'une façon ou
d'une autre, aujourd'hui ou demain, ça va
péter et ce sera sanglant... Les colons sont
aveugles et sourds. Croyez-moi, je les
connais. Ils ne céderont jamais une parcelle
de leur toute-puissance. Et ils tiennent le
pays, du moins ils le croient... »

Elle l'écoutait, attentive. Il était beau
comme un Anglais de l'*upper class*, avec cet
air qu'ils ont souvent de prendre des bains
depuis plusieurs générations. Il « couvrait » l'Algérie pour le *Sunday Times*. A
quarante-cinq ans, c'était un journaliste de
la grande école britannique, rigoureux sur
l'information, respecté par ses confrères
pour sa connaissance des problèmes algé-

riens qui lui évitait les dérapages de néophyte.

Avec Marine, il fut direct. Il lui restait une nuit à passer à Alger. Que pouvait-elle avoir de mieux à faire que l'amour, cette nuit-là ?

Elle objecta qu'elle était mariée.

— Moi aussi, dit David.

Qu'elle n'avait pas l'habitude de courir les aventures.

— Moi non plus, dit David. Je ne vous propose pas une aventure. Seulement quelques heures qui peuvent être ratées mais qui peuvent être divines si je vous plais autant que vous me plaisez.

Et Marine, troublée jusqu'au plus intime de son être, chavira. Et la nuit fut divine.

David était un amant délicat. Le corps de Marine, endormi depuis si longtemps, avait retrouvé la saveur ineffable de la jouissance partagée. Elle était lovée comme un petit chat contre lui et se frottait à sa joue râpeuse.

— Que fait ton mari ? demanda David en se jetant sur les toasts du petit déjeuner.

Deux et deux font trois

— Il est metteur en scène. C'est Igor Volodine.

— Quoi ! L'homme aux jambes molles ?

— Je déteste qu'on l'appelle ainsi.

— Pardon. Tu l'aimes ?

— Je l'aime beaucoup.

— Beaucoup, ce n'est pas beaucoup.

— C'est mon meilleur ami, mon frère. Nous avons deux enfants. Nous avons connu beaucoup de tribulations ensemble.

— Je comprends.

— Et toi, demanda-t-elle, que fait ta femme ?

— Elle est mannequin et elle me trompe, si je peux dire, avec tous mes amis. C'est une ravissante pute.

— Ne dis pas ça ! Tu l'aimes ?

— Non. Je la supporte par habitude.

L'heure tournait. Le moment approchait où David et Marine allaient se séparer. Elle rentrait à Paris, lui à Londres.

Il l'accompagna jusqu'à son taxi, la prit une dernière fois dans ses bras et dit seulement : « Merci Marine. »

Deux et deux font trois

Elle dit : « Merci David » et monta dans la voiture sans se retourner. Elle avait la gorge pleine de larmes.

Six semaines plus tard, il l'appela au journal. Il était à Paris, enquêtant sur les derniers feux du gouvernement Mendès France.

— Je peux te voir ?

— Bien sûr.

— Sept heures, à l'hôtel du Pont-Royal, ça va ?

— Ça va.

Elle prévint chez elle qu'elle rentrerait tard et fut prise d'une sorte de tremblement où elle n'aurait su dire ce qui entrait de peur et ce qui entrait de joie.

Après la nuit d'Alger, elle s'était persuadée qu'elle ne reverrait jamais David, qu'elle avait été pour lui un fugitif objet de désir, et puis voilà. Elle ne regrettait rien, elle ne se sentait pas coupable non plus, mais elle se reprochait de penser trop souvent à ce grand Anglais blond, d'être restée en quelque sorte investie par lui, habitée par son souvenir.

Deux et deux font trois

Natacha, la perspicace, lui disait :

— Qu'est-ce que tu as, toi ? Tu es amoureuse ?

Mais elle se refusait aux confidences.

Il avait suffi qu'elle entende la voix de David au téléphone pour qu'elle fonde et dise « je viens... » sans discuter. Etait-ce bien raisonnable ?

L'après-midi lui sembla interminable jusqu'à ce qu'elle bondisse à l'hôtel où David l'attendait dans sa chambre. Ils se jetèrent l'un sur l'autre avec une fureur partagée. Ensuite, seulement, ils retrouvèrent l'usage de la parole, pour dire des bêtises, que c'était trop dur d'être séparés, que l'un sans l'autre, ils allaient dépérir, qu'il fallait inventer quelque chose... Enfin ils dirent ces bêtises que disent les amants séparés, même lorsqu'ils ont une certaine expérience de la vie. Que pèse l'expérience face à la passion ? Ils en étaient l'un et l'autre enivrés.

David était subjugué par la fraîcheur de Marine — une jeune fille, lui disait-il, tu es une jeune fille, tu as quinze ans —, Marine était envoûtée physiquement par David, et impressionnée par son envergure professionnelle. Elle l'admirait.

En somme, ils étaient mal partis.

Pendant les trois semaines que David passa à Paris, ils réussirent à se voir tous les jours sans épuiser la soif qu'ils avaient l'un de l'autre.

Quelquefois, Marine rentrait tard, avec ce visage fardé de lumière des femmes qui sortent de l'amour. Igor était trop fin pour n'en rien voir.

Un soir, elle rentra les yeux gonflés de larmes, alors il s'inquiéta, la pressa de questions. Qui se permettait de la faire pleurer ? Il voulait le savoir pour lui casser la gueule.

— Ce n'est pas sa faute ! s'écria Marine. Je pleure parce qu'il est parti et que je ne sais pas quand je le reverrai. Peut-être jamais.

— Comment s'appelle-t-il ?

— David. David Rover.

— Qu'est-ce qu'il fait dans la vie ?

— Il est journaliste au *Sunday Times*.

— Bon journal. Et tu es amoureuse.

— Oui... Pardon Igor.

— Pardon de quoi, ma colombe ? Tu es une jeune femme pleine de vie mariée avec un infirme. Je n'ai aucun droit sur toi. Est-ce qu'il te rend heureuse, au moins, ce David Rover ?

— Non ! Il me rend malheureuse parce que nous sommes chacun d'un côté de la Manche.

— Le fait est que tu aurais pu choisir un amant français !

— Mais je n'ai pas choisi. Oh ! Igor, c'est trop injuste !

Elle se remit à pleurer.

— Mouche-toi, dit-il, tu as l'air d'un petit chat malade.

De son côté, David se morfondait à Londres, loin de Marine. A quarante-cinq ans, il n'était plus un enfant, il connaissait les femmes, les bonnes et les mauvaises, il aurait juré qu'aucune ne le prendrait plus

163

jamais durablement dans ses filets. Et puis voilà que cette petite Française même pas vraiment jolie l'avait surpris comme un orage d'été et qu'il se découvrait avec effroi amoureux. Amoureux à en perdre son sang-froid. A lui téléphoner trois fois par jour pour entendre le son de sa voix. A tirer des plans sur la comète pour qu'elle consente à passer quelques jours avec lui.

Sa femme ne le gênait guère. Ils vivaient dans l'indifférence réciproque.

Mais il avait compris que du côté de Marine les choses étaient moins simples. Ce mari à la fois célèbre et handicapé le dérangeait énormément. Et il supportait toujours mal que quelque chose se mît en travers de ses désirs.

En fait, il ne le supportait pas du tout. Il avait décidé de nier Igor, purement et simplement. Puisque Marine était libre de voyager, ils voyageraient ensemble, voilà tout.

Il devait partir en Allemagne. A elle de persuader H.M. qu'un reportage sur l'Allemagne s'imposait. Il y avait justement un

congrès important à Aix-la-Chapelle.
H.M. se laissa convaincre.

Ils se retrouvèrent dans un wagon-lit,
serrés l'un contre l'autre, ivres de désir.
Mais au matin, quand le train s'arrêta, des
cris retentirent en allemand sur le quai et
Marine, pétrifiée de terreur, refusa de descendre... Ces cris, c'était son passé qui sur-
gissait... David dut la calmer, la prendre
par la main, l'obliger à descendre... Elle
tremblait.

— Qu'est-ce que tu as ? demanda
David. Explique-moi.

Elle dit brièvement qu'elle avait passé
deux ans dans un camp de concentration
et refusa d'en parler davantage.

Ils s'en furent au congrès. C'est seulement le soir, sous leur couette à l'allemande, qu'il réussit à la dénouer.

— Je ne sais rien de toi, dit-il, et je veux
tout savoir. Qui es-tu, Marine ?

Alors, par bribes, elle raconta. Son
enfance, Louis, la guerre, la Résistance,
Igor, le camp. Ensuite le journalisme.

— Et toi, dit-elle, qui es-tu ?

165

Et il raconta. Oxford. La fin de la guerre dans l'aviation. Une mauvaise blessure... Un mariage raté. Ensuite, le journalisme...

Cette nuit-là, ils s'endormirent sans faire l'amour, comme écrasés par leurs souvenirs.

Marine ne parlait pas l'allemand et en fut handicapée dans son travail, ce qui l'agaçait énormément. En fait, elle n'avait pas grand-chose à faire en Allemagne, sauf la couverture du congrès qui se passait avec des traductions simultanées. Elle en tira de quoi faire quelques portraits et, grâce à David, une bonne analyse de la position de la R.F.A. vis-à-vis de la construction européenne. L'enquête de David était plus ambitieuse, il la mena tambour battant, courant à Bonn, à Francfort, pour en finir au plus vite.

Il leur restait quelques jours où ils pouvaient encore décemment être loin de leur journal respectif. David emmena Marine sur la côte dalmate où ils trouvèrent un soleil affectueux. Jours heureux assombris seulement par la menace de la séparation

prochaine et alors : « Qu'allons-nous devenir, David, disait Marine, dis, qu'allons-
nous devenir ? »

— Nous allons inventer, répondait
David. Deux adultes intelligents doivent
être capables de maîtriser cette situation.

Il la maîtrisa.

Un mois plus tard, il était nommé correspondant permanent du *Sunday Times* à
Paris.

Pour obtenir cette affectation, il avait dû
mettre sa démission dans la balance.

— Amoureux d'une Française, hein ?
lui avait dit son rédacteur en chef.

— C'est interdit ?

— Non, c'est dangereux. Plus dangereux que tous ces foutus pays en guerre où
vous avez traîné vos bottes. Mais je vous
envie. Bonne chance, mon vieux...

Pour le principe, il salua sa femme avant
de quitter Londres, qu'il trouva encore au

lit à midi avec l'air de quelqu'un qui a beaucoup bu la veille.

« Elle a vieilli, pensa David, maintenant ça se voit. Une telle beauté, quelle pitié... »

— Qu'est-ce que j'apprends, Dave ? Vous êtes amoureux ? lui lança-t-elle.

— Je vois que vous êtes toujours à la pointe de l'information.

— Comment est-elle ?

— Votre contraire à tous égards...

Ils réglèrent quelques questions pratiques.

— Pourquoi notre mariage est-il une telle faillite, dit-elle, soudain assombrie. C'est de ma faute ?

— A peine, dit-il. C'est de la mienne aussi. Allons, gardez-vous bien. Et si vous avez besoin de moi, vous savez où me trouver à Paris.

Les premiers mois furent idylliques. David avait hérité de l'appartement de son prédécesseur, trois pièces pleines de soleil dans le VIe arrondissement. Il avait d'autre part un bureau en ville. Son confort était assuré.

Les affaires algériennes prenaient une ampleur menaçante. Le contingent avait été envoyé sur place, les officiers de réserve rappelés. Quand il fut avéré que l'on torturait en Algérie, les mouvements de protestations se firent virulents. Les gouvernements se succédaient, impuissants. Félix Gaillard venait d'être renversé, incapable de tenir tête aux forces qui, d'Alger, commandaient la politique de la France. La rumeur planait d'un retour aux affaires du général de Gaulle.

Pour la première fois de sa vie, Marine, très peu politisée jusque-là, prit part à une manifestation contre le gouvernement. Elle se fit tirer les oreilles par H. M. Un journaliste est un témoin, il ne doit jamais être un acteur. Marine protesta : pouvait-on être « témoin » de la torture ? Accepter silencieusement qu'une telle infamie soit le fait des Français ?

— Apportez-moi des informations sûres et je les publierai, dit H.M. Pas des états d'âme, des informations. Dois-je vous apprendre votre métier ?

Elle s'inclina mais revint, triomphante, avec un portrait du général de Bollardière qui venait de quitter son commandement pour protester contre la torture. H.M. le publia mais lui signifia clairement qu'il n'irait pas plus loin. Elle se retint de démissionner, demanda huit jours de vacances, et partit à Alger où elle suivit David dans ses investigations. C'était un journaliste froid, très professionnel, qui ne s'en laissait pas conter. Ce qu'elle apprit acheva de l'horrifier mais David la dissuada de faire de la provocation avec H.M.

— Tu as un contrat moral avec lui, dit-il, tu n'es pas dans un journal engagé.

— Et toi ?

— Moi j'écris pour les Anglais. C'est différent. Ils ne font pas la guerre.

Deux et deux font trois

Elle promit de mettre une sourdine aux élans de son cœur et de brider sa plume.

Quelques semaines suivirent où David fut surchargé de travail. Il devint alors flagrant que leur vie commune devenait chaotique. Ils n'arrivaient plus à se voir.

David respectait le travail de Marine mais le temps qu'elle donnait à Igor lui était devenu insupportable. Il ne s'était pas fait nommer à Paris pour passer ses soirées seul et pour voler une nuit de-ci de-là. Il le dit d'abord gentiment, puis un peu moins gentiment.

Marine s'alarma. Elle avait cru pouvoir maintenir sa double vie dans un équilibre fragile. C'était compter sans David qui n'était pas fait, assurément, pour jouer les amants de l'ombre.

Ils eurent une explication difficile, Marine essayant en vain de décrire la nature de ses sentiments envers Igor et que David n'avait pas à en prendre ombrage.

— Je n'en prends pas ombrage, dit David. Simplement, je n'ai rien à en foutre, c'est clair ?

Cela se passait à la veille de Noël. Il exigea, pour le principe, qu'elle réveillonne avec lui et quelques amis anglais de Paris. Elle céda avec mauvaise humeur, ravagée à l'idée d'avoir laissé Igor à cette solitude dans laquelle il s'enfonçait de plus en plus. David avait un peu bu. Il commença à la taquiner.

— Vous voyez, dit-il, madame s'ennuie avec nous. Madame boude. Nous sommes indignes de sa compagnie. C'est ça ?

Il broda sur ce ton jusqu'à ce que Marine le supplie de se taire. Elle finit par quitter la table en déclarant qu'elle était fatiguée et qu'elle allait rentrer. David voulut la raccompagner. Elle refusa sèchement.

Elle rentra chez elle en larmes pour

trouver Igor qui l'attendait devant l'arbre de Noël dressé pour les enfants.

Le lendemain, David lui envoyait vingt-quatre roses rouges avec un mot d'excuse pour sa conduite indigne. Il disait : « indigne ». Ils restèrent quelques jours sans se voir puis David prit une initiative qui lui ressemblait.

Il demanda un rendez-vous à Igor et se présenta brutalement :

— Je suis David Rover, l'amant de votre femme...

— Je sais, dit Igor.

— Nous vivons dans une situation intenable. Qu'en pensez-vous ?

— Je l'accepte pour les raisons que vous connaissez, dit Igor. Je suis infirme et je ne veux pas empêcher Marine de vivre.

— Mais elle ne vit pas ! Elle est déchirée, dévastée, elle ne vit pas ! Vous êtes son souci permanent, son inquiétude constante...

— Vraiment ?

— En doutez-vous ?

— Et que voulez-vous que j'y fasse ?

— Je veux que vous rendiez à Marine sa liberté, toute sa liberté. Je veux qu'elle cesse d'habiter avec vous, je veux qu'elle respire...

— Il ne tient qu'à elle...

— Vous savez bien que non.

— En somme, vous voudriez que je me sépare volontairement de ma femme pour vous la donner. Vous avez de l'audace, monsieur Rover.

— Pour son salut, oui, j'en conviens.

— Eh bien, je vais réfléchir à cette suggestion. Maintenant, laissez-moi, je vous prie, je suis fatigué.

Igor venait de passer des mois difficiles qui l'avaient profondément transformé.

Après le succès de *La Lumière d'en face*, il n'aurait tenu qu'à lui d'être fêté, entouré, les jeunes actrices tournant autour de lui comme d'un pot de miel. Les propositions de travail étaient nombreuses. Mais il avait choisi de s'engloutir dans la solitude... Il lisait beaucoup, les auteurs russes surtout chez qui il cherchait à la fois un sujet et le sens de la vie... Il ne voyait personne à part son fidèle assistant, parfois Deutsch.

Il marchait toujours avec difficulté et n'avait pas dominé l'humiliation de son infirmité. En particulier, il ne supportait plus sans irritation la commisération que des jeunes femmes lui manifestaient en croyant lui plaire.

Seule Marine le reliait vraiment au monde.

La visite de David Rover le troubla profondément. Il n'avait pas imaginé que cette espèce d'arrangement qu'ils avaient trouvé pût être pour Marine une source de déchirement. Il n'exigeait rien d'elle... C'est elle qui donnait librement. Que faire ?

Resté seul, il appela son chauffeur et se fit conduire chez Mme Rosine.

Mme Rosine tenait l'une de ces maisons hospitalières et discrètes où l'on accueille les clients exigeants pourvu qu'ils puissent payer. Igor avait rendez-vous avec une rousse éclatante, russe, qui n'était pas sans rappeler Ina. D'ailleurs, il l'appelait Ina.

Son accident ne l'avait pas laissé impuissant. Il l'avait laissé honteux de son corps disloqué, et sur ce corps, il ne supportait plus que le regard des putains...

La seule fois où Marine s'était un peu

trop rapprochée de lui dans un élan de tendresse, il l'avait durement rabrouée.

Un jour, il était tombé, chez Mme Rosine, sur celle qu'il avait baptisée Ina. Et il avait éprouvé un plaisir pervers à la plier à toutes ses exigences comme s'il s'agissait d'Ina elle-même. Depuis, il revenait de temps en temps, s'attendant toujours qu'elle finisse par lui jeter ses cannes à la figure, l'espérant presque, mais la jeune femme était docile. Elle ne se rebella que le jour où il voulut lui taillader les cheveux. Mme Rosine fit savoir que ce n'était pas dans le contrat. D'ailleurs aucun client n'avait jamais manifesté pareille fantaisie, et pourtant ils avaient parfois de ces idées !

Quand il se présenta chez elle après avoir quitté David, il eut la surprise de ne pas trouver Ina au rendez-vous. Mme Rosine dit qu'elle avait eu peur et qu'elle ne voulait plus entendre parler de lui.

— C'est une jeune femme très émotive,

dit-elle pour l'excuser. Je vais vous proposer quelqu'un d'autre, une femme du monde qui vous plaira...

— Emotive mon cul, dit Igor. C'est elle que je veux...

— Ce sera très cher, susurra Mme Rosine.

— M'en fous.

— Revenez demain. J'essaierai de la convaincre. Vous savez bien que pour vous, monsieur Volodine, je ferais n'importe quoi...

Il repartit irrité, accosta dans la rue une prostituée qui refusa de le suivre en le traitant de taré, finit par se jeter dans sa voiture et se fit conduire dans un cabaret russe de la rive gauche avec la ferme intention de s'enivrer.

Il était tôt. La porte était encore fermée. Il frappa à grands coups. Un maître d'hôtel effaré finit par lui ouvrir, le reconnut.

— Monsieur Volodine ! Entrez ! Il est un peu tôt mais on va vous servir.

Il apporta un carafon de vodka qu'Igor

but au goulot. Un pianiste jouait doucement dans la salle aux lumières tamisées.

— Je veux les tziganes, dit Igor.

— Ils vont arriver.

— Je veux la vendeuse de fleurs.

— Je vais vous la chercher.

— Je veux la baiser.

— Oh ! Monsieur Volodine...

— Je veux que la fête commence, nom
de Dieu !

Il se leva, se dirigea vers le bar, chercha
à s'asseoir sur un tabouret, trébucha... On
s'empressa de le relever. Alors, d'un coup
de canne, il balaya la surface du bar.

Ce soir-là le chauffeur le ramena chez
lui ivre mort et le coucha comme un
enfant.

De leur côté, David et Marine s'étaient
bien sûr réconciliés. Il avait promis d'être
patient, elle avait promis de lui accorder
plus de temps, ils furent l'un et l'autre
absorbés par les événements de mai 58

179

qu'ils durent couvrir pour leur journal respectif, ce qui ne laissait guère de place aux états d'âme et ne retrouvèrent qu'en juin le temps de souffler. En bon Anglais, David avait fait une série de papiers sarcastiques sur le retour de De Gaulle au pouvoir et son impuissance supposée à mettre fin à la guerre. Marine, elle, avait pour de Gaulle la fidélité d'un ancien petit soldat de la Résistance. Ils se chicanèrent énormément.

Le coup de feu passé, ils prirent quelques jours de vacances ensemble, sur la Côte d'Azur, soleil, mer et volupté, délices des nuits bleues partagées.

Comme tous les soirs en voyage, elle appelait Miss Anna pour prendre des nouvelles des enfants.

Tout allait bien. Elle était paisible, fraîche, toute brunie sous son casque de blé. David, moins familier avec le soleil, l'enviait. Ils étaient heureux, ils étaient amoureux, ils étaient gais lorsqu'un soir, prenant les informations à la radio, ils entendirent : « Le metteur en scène Igor

Volodine s'est suicidé d'une balle dans la tête... »

Ne demandez pas ce qui se passa dans l'esprit de David Rover, s'il se dit : « Je l'ai tué. C'est moi qui l'ai tué ». En tout cas, il n'en exprima ni remords ni regret. Les obstacles, on les supprime.

Marine, en revanche, fut bouleversée. Elle avait toujours redouté qu'Igor se suicide depuis son accident ; mais immédiatement sa machine à fabriquer de la culpabilité se mit en marche. Elle l'avait négligé et voilà... Cher Igor tant aimé...

Elle eut une crise de nerfs. Il fallut lui faire une piqûre pour qu'elle soit en état de rentrer.

Défigurée par les larmes, assaillie par les photographes, elle s'évanouit devant le cercueil d'Igor, dans les bras de David.

Igor n'avait laissé qu'un mot : « Sois heureuse, ma colombe... » qu'elle lisait et relisait...

Il y avait les enfants, choqués, qui ne voulaient plus la lâcher et qu'elle ne voulait plus lâcher... Pendant quelques jours, elle

181

se terra chez elle, refusant de voir David.
Enfin, il réussit à forcer sa porte. Quand
elle eut fini de sangloter sur son épaule, il
lui fit la leçon : « Quoi qu'il arrive, on se
tient. Marine, tiens-toi. Tes enfants ont
besoin d'une mère forte et pas d'une
loque... »

Louise, l'aînée, une grande fille maintenant, regardait David. Avec un instinct
sûr, elle l'avait aussitôt détesté.

Marine se ressaisit et consentit à envisa-
ger, avec David, l'avenir.

— Ces circonstances sont déplorables,
dit David, mais enfin te voilà libre. Nous
sommes libres, ma douce, est-ce que cela
n'apaise pas un peu ton chagrin ? Tu n'as
pas envie de vivre avec moi demain et pour
l'éternité ?

— Si, murmura Marine. Si, j'en ai envie.

— Alors, cesse de pleurer, reprends-toi,
passe une jolie robe et viens dîner avec moi
dans le meilleur restaurant de Paris, pour
célébrer ta résurrection.

— Pas ce soir, plaida Marine, c'est trop
tôt.

— Ce soir, dit David. Qui est-ce qui commande ici ?

Et comme le petit Louis s'était glissé dans la pièce, il répéta en regardant le petit garçon : « Hein ? Qui est-ce qui commande ici ? »

— C'est toi, dit le petit Louis.

— Tu vois ? Il a compris.

Marine s'était remise bravement au travail, imperceptiblement irritée par les condoléances qui s'assortissaient d'un « Enfin, c'est mieux comme ça... » Seul le vieux Deutsch semblait avoir compris la nature du lien qui l'unissait à Igor et lui en avait parlé avec délicatesse, ce gros éléphant. Natacha fut odieuse : « Te voilà enfin débarrassée. » H.M. eut plus de tact pour lui dire la même chose et ses camarades du journal assurèrent : « On a bien pensé à toi... »

Quant aux anciens amis d'Igor, amis de jeu, amis de fête, ils envoyèrent quelques mots courtois. Seul le chauffeur russe fut réellement affligé. Deutsch proposa de le laisser à la disposition de Marine pendant un mois, le temps de régler quelques problèmes pratiques. Elle accepta.

Le soir, à l'heure où elle était habituée à rentrer chez elle, son cœur se serrait. Elle passait voir les enfants, puis repartait pour rejoindre David, en se répétant : « Je suis libre, libre... » Mais cette liberté avait encore un goût de larmes.

David avait décidé d'être patient. Il l'avait seulement pressée de quitter son appartement. Il croyait aux lieux et à leur rayonnement.

— Viens habiter chez moi, lui dit-il, et cherche quelque chose de convenable pour y mettre les enfants et Miss Anna.

Elle cherchait. En attendant, elle dormait toutes les nuits dans les bras de David et ce bonheur la guérissait lentement de ses plaies.

Vint le jour où David fut rappelé à Londres. Réorganisation de la rédaction et du réseau des correspondants.

Il partit et elle eut un sentiment de solitude insupportable. Elle battit le rappel de tous ses amis pour ne pas passer une soirée seule. Natacha réussit même à l'entraîner dans une boîte de nuit où elle essaya, en vain, de s'enivrer.

David revint avec une mauvaise nouvelle. Il était en charge de l'Algérie. Etant donné ce qui s'y passait, il ne pouvait pas refuser. Donc, adieu Paris...

— Et moi ? dit Marine.

— Viens à Londres, c'est une ville merveilleuse, tu verras.

— Mais qu'est-ce que je ferai à Londres ?

— Du journalisme par exemple. Tu écris l'anglais ? En six mois tu deviendras l'étoile de la presse anglaise...

— Ce n'est pas sérieux.

— Alors je viendrai te voir pendant le week-end...

— Mais je ne veux pas te voir le week-end, David, je veux te voir tous les jours, je veux dormir avec toi tous les soirs, oh David, ne m'abandonne pas !

— Qui parle de t'abandonner, ma

douce ? Tu sais ce qu'est notre métier. Je ne suis pas mon maître.

— Non, mais quand tu veux quelque chose, tu l'as.

— En ce moment, précisément, je veux m'occuper de l'Algérie. Tu sais bien que c'est mon second pays.

Elle renonça à discuter, accablée.

Il lui restait une planche de salut : H.M. Obtenir qu'il la charge de couvrir la guerre d'Algérie. Il ne fut pas enthousiaste.

— Vous y tenez vraiment ?

— Oui, vraiment.

— Peut-on savoir pourquoi ?

— Non.

— Dans ce cas, c'est non. J'ai besoin de vous ici. Et Turenne est parfait sur l'Algérie. Pour le moment, il n'a pas besoin d'être doublé.

— Alors, dit Marine, je crois... que je vais démissionner.

— Quoi ! Mais vous êtes folle, mon petit. Qu'est-ce que c'est que cette histoire ?

— Vous ne pouvez pas comprendre...

— Essayez de m'expliquer...

Elle se jeta à l'eau.

— J'aime un homme, dit-elle, dont je ne supporte pas d'être séparée... Il était correspondant du *Sunday Times* à Paris, c'est David Rover, vous le connaissez... Londres l'a rappelé et l'a mis en charge de l'Algérie. Cela signifie qu'il va naviguer entre Londres et Alger, surtout Alger, et que je ne le verrai plus.

— Londres n'est pas au bout du monde.

— C'est ce qu'il dit. Mais je ne veux plus de cette vie en miettes, de ces nuits volées... J'ai besoin de la présence de David près de moi. Je...

— Eh bien, dit H.M. sec, eh bien, ma petite fille, changez de métier. Faites du journalisme en pantoufles, organisez-vous une bonne petite vie bourgeoise, avec un chat et un chien...

— Pourquoi êtes-vous méchant avec moi ?

— Parce que vous me décevez. Je vous croyais d'une autre trempe.

— Vous voyez bien qu'il faut que je démissionne.

— Ne dites pas de bêtises.

Ils furent interrompus pour la cinquième fois par le téléphone. Elle était à bout de forces.

— Ecoutez-moi, dit H.M. J'avais décidé de vous nommer chef du service étranger. Vous savez ce que ça veut dire ? Aucune femme n'a encore occupé un tel poste au journal. Mais je n'ai pas besoin d'une amoureuse éplorée !

Elle restait muette, stupéfaite.

— Eh bien, qu'est-ce que vous en dites ? Vous sentez-vous capable d'assumer cette charge ?

— Je crois, oui. Oui, j'en serai capable.

— Réfléchissez bien. Vous serez vissée à Paris. Pas question de courir tous les jours derrière M. Rover.

— Je ne cours pas derrière lui, murmura Marine.

— Si. Est-ce qu'il a hésité, lui, à quitter son poste à Paris ?

H.M. avait touché une corde sensible.

Deux et deux font trois

Le fait est que David s'était facilement résigné. Mais elle ne voulut pas y penser.

— Alors, votre décision ?

— Je... je refuse. Oh ! H.M., je sais ce que je vous dois, je sais que vous ne me pardonnerez jamais cette désertion, je sais que vous m'offrez une chance inouïe, mais si vous avez aimé une fois dans votre vie, vous devez pouvoir me comprendre ! Je ne veux pas être vissée à Paris, comme vous dites, je ne veux pas être pendue au téléphone attendant que David m'appelle, je veux pouvoir tendre le bras et le toucher, tous les jours, tous les jours...

H.M. l'avait écoutée sans broncher. Il soupira.

— Et on se demande pourquoi les femmes ne font pas carrière...

— Vous êtes injuste. Rien ne m'a rebutée.

— C'est vrai. Mais quand il faut sauter la dernière marche...

— Je n'ai pas peur des responsabilités. J'ai...

— Vous êtes amoureuse, j'ai compris.

189

Cela vous passera. Eh bien, Marine, quand vous serez descendue de votre petit nuage, nous reparlerons de votre situation. Pour l'heure, votre démission est acceptée. Sans indemnités naturellement.

Il la congédia d'un « adieu » sec qui lui fit mal. Elle aimait cet homme qui avait été son Pygmalion, mais rien ne pouvait éteindre la joie qui maintenant l'envahissait à l'idée d'apprendre à David que désormais elle serait à lui nuit et jour...

— David Rover t'a demandée au téléphone pendant que tu étais chez H.M., lui dit une secrétaire. Il est à Alger. Il a laissé un numéro.

Elle se jeta sur l'appareil. David était au Saint-Georges. Ce serait bien si elle pouvait venir pour le week-end... Il serait là dans la soirée.

Elle avait une grande nouvelle à lui annoncer. Non, je te le dirai samedi... Une bonne nouvelle ? Oui mon amour. Une bonne nouvelle...

Avant de partir, David lui avait dit :

Deux et deux font trois

« Ne m'oublie pas, moi je ne t'oublierai jamais. »

C'est munie de ce viatique qu'elle prit l'avion d'Alger, passant et repassant dans sa mémoire les heures gorgées de bonheur vécues avec son amant. Le souvenir ébloui de leur première nuit au Saint-Georges où il l'avait tenue comme un oiseau dans sa main... David sous la douche sans un pouce de graisse... Les siestes à l'hôtel du Pont-Royal dont il se réveillait avec de grandes fringales pour avaler des croissants comme on avale des dragées. David et ses fous rires... Les jours de rêve et de soleil à Dubrovnik, David vexé de rougir avec sa peau de blond et filant dans la mer glacée comme un squale... Tous ces moments qu'ils n'auraient plus besoin d'arracher à un sort contraire... Désormais, rien ne pourrait durablement les séparer.

Elle pensa à Igor, s'aperçut qu'elle pouvait l'évoquer sans souffrance, à peine un petit point près du cœur. Mais la plaie s'était fermée.

Elle joua avec l'idée de s'installer à

191

Londres. Ce serait bien pour les enfants. Et puis, elle y trouverait peut-être du travail. Correspondante à Londres d'un journal français, ce n'était pas irréalisable. David aimerait cette idée. Peut-être même que H.M., une fois sa colère retombée... Mais elle avait le temps d'y penser.

Son voisin, avachi, se mit à ronfler. Elle le regarda, écœurée, et prit un livre. Mais déjà l'avion amorçait sa descente sur la ville blanche.

Elle marchait dans les rues d'Alger noires de monde, humant l'air enfiévré de la ville où venait d'avoir lieu une manifestation. Elle s'assit un moment à la terrasse d'un café pour observer la foule, commanda un rafraîchissement.

Soudain une déflagration déchira l'air. Il y eut des cris, des hurlements, du sang. Quand on ramassa Marine Aubier, elle avait cessé de vivre. Elle avait quarante ans.

Achevé d'imprimer le 5 mai 1998
sur presse Cameron
*par **Bussière Camedan Imprimeries***
à Saint-Amand-Montrond (Cher)
pour le compte des éditions Grasset
61, rue des Saints-Pères, 75006 Paris

N° d'Édition : 10791. N° d'Impression : 982632/4.
Première édition : dépôt légal : avril 1998.
Nouveau tirage : dépôt légal : mai 1998.

Imprimé en France

ISBN 2-246-56141-8